Hop

D1135681

De oeroude vijver

Ward Ruyslinck

De oeroude vijver

Manteau   Brussel & Den Haag

Copyright A. Manteau nv, Brussel, 1962
Achtste druk 1977
Omslagontwerp Robert Nix / Alje Olthof
ISBN 90 223 0633 X

D 1977 0065 81

Het koekoeksmeisje

SO^2 is gemakkelijk oplosbaar in water, las het meisje en haar rechterhand schreef in het gelijnde schrift: SO^2 is gemakkelijk oplosbaar in water. Huckleberry (Finn), haar broertje, scheurde bladen uit een van haar oude schriften om er zijn voorraad proppen mee aan te vullen, en haar moeder, verlakt als een Chinese bonbonnière en geurend naar kersenlikeur, zat over de gebruiksaanwijzing van het druppelflesje met het doodshoofd gebogen en zei boven het groene geblokte tafelkleed: 'Vijf druppels in een half glas lauw water vóór iedere maaltijd.' Haar vader zei niets, hij bereidde zich voor op een kwiz, las een gecommentarieerde uitgave van de verzamelde werken van Shakespeare en rookte ondertussen de dure sigaar uit een tube die hij gisteren van Piet Frankenstein had gekregen, omdat hij diens belastingaangifte had helpen invullen.

Het is een onbrandbaar gas, las het meisje. Zij zat even op haar bolpuntpen te knagen en toen schreef zij in het gelijnde schrift: het is... 'Het is al welletjes voor vandaag, Cynthia,' zei haar moeder, 'ruim je boeken nu maar op, je ziet er uit alsof je drie opeenvolgende nachten niet hebt geslapen; een meisje van vijftien met kringen onder haar ogen, dat heb ik nog nooit gezien.' Het meisje keek van haar schrift op en haar vader keek van *The Merchant of Venice* op en zei, een rookgordijn spreidend over het eerste toneel van het tweede bedrijf: 'Je moeder heeft gelijk, je verwaarloost je gezondheid.' Huckleberry maakte zich allerminst zorgen over de kringen onder de ogen van zijn zuster; hij richtte zijn katapult op het dressoir en waagde een proefschot op twee parende vliegen. Het gaf een flinke klap, die hen allemaal deed opschrikken, en zijn vader zei boos: 'Huckle, ga buiten schieten.' Huckle schuifelde de kamer uit en het meisje sloot gehoorzaam haar boeken. Haar moeder vouwde de gebruiksaanwijzing op en stopte ze bij het druppelflesje in het kartonnen doosje: 'Cynthia, jij stelt toch vertrouwen in je ouders?' De ogen boven de donkere wallen staarden. 'Natuurlijk wel, mams.' Haar vader morste as van de dure sigaar op zijn broek: 'Heb jij soms problemen?' De witte, fijngetopte aspergevingers van het meisje plukten aan de zoom van het groene, geblokte tafelkleed. 'Natuurlijk niet, paps,' zei ze stil, onderdanig. Hij fronste het

6

voorhoofd en blies de as van zijn broek. 'It is a wise father that knows his own child,' zei hij, maar het was niet zeker of dit uit *The Merchant of Venice* kwam, want hij had het boek ondertussen gesloten.

De volgende dag, in de loop van de voormiddag, werd het meisje door Henriëtte Boes, haar boezemvriendin, in een plassende regenbui van school thuisgebracht. 'Ze heeft de hele klas ondergekotst,' kakelde Jetje, druk gebarend met haar konijnevellen handschoenen, 'en de Hekelteef zei dat ze maar wat in de tekenzaal bij het open raam moest gaan zitten en dat het dan wel zou overgaan, maar het ging niet over, zomin als de regen, wat een vreselijk weer hè, en toen zei de Hekelteef dat ze maar beter naar huis kon gaan, het arme kind, ze ziet er ook pips uit, vindt u niet, mevrouw Stoops, echt hummeles.' Mevrouw Stoops wist niet wat hummeles was en ze keek geschrokken bij het horen van dat nieuwe woord, dat als een kaakslag klonk, een jeugdige baldadigheid. Maar ze durfde niet te vragen wat het betekende. 'Dank je wel, Jetje,' zei ze met schilferige lippen, want haar verlak had 's nachts losgelaten.

Cynthia strompelde de trap op, naar haar kamer. 'Het komt door die druppels,' blubberde ze tegen haar moeder die achter haar aankwam en bij haar bleef staan terwijl ze zich uitkleedde. 'Ik bel direct je vader op,' zei haar moeder, 'ik ben er niet gerust op.'

Het meisje was blij toen haar moeder wegging, want de doordringende lucht van de kersenlikeur maakte haar nog misselijker. Het bed was een lauw, donzig nest met een geruststellende geur, de geur van vogels en broedeieren. Ze luisterde naar het zware geruis van de regen, die als een waterval achter de gazen vensterhor neerstroomde, en ze hoorde mevrouw Goethals, hun linker buurvrouw, onder de luifel een vluchtig weerpraatje maken met de soepboer en met een kannetje klikken: 'Wat een zomers hebben wij toch! Wanneer houden ze nu eindelijk eens op met die atoomproefnemingen?' Ze voelde zich te beroerd om ook nog naar het antwoord van de soepboer te luisteren, maar ze dacht: Zomer? Het is toch al herfst... En toen dacht ze weer — het was eigenlijk geen denken, de woorden slisten door haar hoofd als gummi-overschoenen door hoog nat gras — toen dacht ze, overzag ze in haar gedachten: Van de Winter en de Zomer, Esmoreit, Gloriant... Uit de les van gisteren, over de abele spelen. Stoops, sta op (stafrijm of alliteratie) en kijk vóór je (de stem van de Hekelteef).

Een paar minuten later, nadat de soepboer de

straat was uitgereden, begon de Polka, de muziekleraar die aan de overkant woonde, Weense walsen (nóg een stafrijm) te spelen op zijn nieuwe piano met gekruiste snaren. Na een tijdje hoorde ze niets anders meer dan de begeleiding, de linkerhand: oem poem-poem, oem poem-poem...

Ze probeerde zich te herinneren hoe Strauss had geklonken op het oude hakkebord, dat ze vorige week naar buiten had zien zeulen: jang tang-tang, jang tang-tang, een-twee-drie, een-twee-drie... De klanken golfden achter haar gesloten ogen voorbij als kleurige slingers, wapperende linten, rode en paarse serpentines, die rekten en inkrompen en weer voortkronkelden als storingen op een teeveescherm.

Om elf uur, of misschien was het later, kwam haar vader thuis. Ze hoorde de taxi stoppen voor de deur en ze was benieuwd of hij zijn sleutel zou nemen of aanbellen. Hij belde aan. De stilte brokkelde af: het slaan van deuren, het vlugge holletje door de gang, het getsjirp van haar moeder en de stem van haar vader die binnenkwam, samen met de regen, de verwelkte-bloemengeur van de regen, en de koele tochtstroom. Heb jij soms problemen? Natuurlijk niet, paps. De lieve paps, de glorieuze Gloriant, de witte beer (12 vakjes vooruit) van het ganzenbord. Zou ze hem nog herkennen? Was hij niet veranderd, door de regen, door de angst of de liefde, of door een inwendige pijn die ze niet kende omdat hij ze voor haar verborgen hield? Elke dag was een verre reis onder vreemde mensen, waarvan men veranderd kon terugkeren.

Maar hij was niet veranderd. Hij boog zich over haar en legde zijn hand op haar voorhoofd: 'Wat scheelt er aan, zus?' Hij rook naar brillantine, tabak en muffe, stoffige dossiers. Zij glimlachte. De Polka speelde Schubert op zijn nieuwe piano met gekruiste snaren. 'Je bent niet veranderd,' zei ze zacht, gelukkig. Het regenwater gorgelde in de gootpijp. 'Jij wel, Doornroosje,' zei de witte beer. In het korte toespraakje, dat volgde, kwamen de bekende leidmotieven voor: je moeder en ik, vertrouwen, overspannen, problemen, gezondheid, specialist... Kijk, toch een nieuw geluid: specialist. Ze had weinig op met specialisten; een meisje uit de vierde klas, dat gebrek aan eetlust had, was uit de handen van drie specialisten gekomen met een genaaide maag en een litteken boven haar navel en toen at ze nog minder dan voordien. Aan mijn lijf geen polonaise, dacht ze. 'Ik wil geen specialist hebben,' pruilde ze. 'Good gentle youth, tempt not a desperate man,' zei de witte beer, 'je moeder en ik...' Ze luisterde niet meer. Per slot van rekening kon het haar niet schelen, ze had een gezonde eetlust en één specialist was driemaal minder erg dan drie specialisten. En misschien geleek de specialist, die haar vader had ontboden, op Dirk en zou het alles bij mekaar wel prettig zijn om zijn hete vingers op haar lichaam te voelen, onder haar hemd, op haar buik. Ze zweeg en luisterde naar het gegorgel in de gootpijp, naar de Polka. Waar had ze dat lied meer gehoord? Op de radio? Op het schoolfeestje einde maart? De stilte brokkelde voort af en ze deed haar geheugen geweld aan om zich te kunnen herinneren waar... Opeens stroomden, met de koele zucht van de regen die door het horretje drong, de woorden in haar binnen: ich bin noch jung, geh lieber, und rühre mich nicht an. Toen wist ze het: De Dood en het Meisje, van Schubert. Het was het lied dat Anne Blickx op de prijsuitdeling had gezongen, op de piano begeleid door juffrouw De Backer in haar peperkoekachtige avondjapon, bestikt met witte pareltjes en met een gele strik op de heup. Haar ogen vielen dicht en ze droomde van frites met pickles in een peperhuisje en van een vleugelpiano, die openklapte zoals haar lessenaar op school. Ze boog zich over het ingewand van de vleugel om de snaren en hamertjes te bekijken en toen moest ze plots overgeven, net zolang totdat haar ogen zwommen.

Toen ze wakker werd, was het avond en had het opgehouden met regenen. 'Hier is ons meisje, dokter, ik geloof dat we haar wakker hebben gemaakt,' zei haar vader die de kamer binnenkwam met een vreemde man, een blozende alikruik met kort stekelig haar, egelhaar. Achter hen beiden slofte haar moeder mee naar binnen. Cynthia wist onmiddellijk wie de egel was en het stelde haar vreselijk teleur dat hij geen piezeltje op Dirk geleek. Ze zou het helemaal niet prettig vinden zijn worstvingers op haar lichaam te voelen. 'Laten we maar eens kijken,' zei de egel. In dokterstaal betekende dit: trek je hemd op, ik ga je onderzoeken. Hij kwam naast haar zitten en rolde een klein rubber slangetje af, een poppeslangetje om kamerplanten te besproeien. Een lucht van gelatinecapsules en ontsmettingsmiddelen verdrong het parfum van kersenlikeur en de brillantine-tabak-muffepapierenreuk.

Haar vader en haar moeder stonden pal en met ingehouden adem aan weerszijden van de dokter, als het mannetje en het vrouwtje in een weerhuisje, en glimlachten haar bemoedigend toe. Nadat hij haar had onderzocht met het rubber slangetje, deed de egel de gekste dingen met haar, duwde, kneep, voelde, met de vingertoppen en met de volle hand, en zelfs moest ze de benen vaneendoen. Ze schaamde zich dood. De onkiese vraag die hij daarop haar moeder stelde, alsof het de gewoonste zaak van de wereld was, bracht haar nog meer in verwarring. Wat een lelijkerd, wat een mestkever. Haar moeder stotterde en het weermannetje kwam plots helemaal naar buiten met een gezicht dat bij vergissing onweer voorspelde. 'Nou, dan zal het zo wel zijn,' zei de egel terwijl hij zijn instrumenten inpakte. Wat zou zo wel zijn? Waarom deden ze zo geheimzinnig? Wat een misselijke vertoning.

Ze gingen met zijn drieën de kamer uit, de witte beer en de egel en het stinkdier, en het meisje hoorde hen samen op het portaal staan fluisteren. Daarna kwam haar vader alleen weer de kamer in. Lieve witte beer, wat zie je er boos uit. Ze kromp ineen. Nu gaan we 't hebben, dacht ze, Shakespeare, ay my lord. Maar het was heel iets anders, hij zei: 'Jij schijnheilig pestding.' Ze schrok en begon te huilen, want zoiets had hij nog nooit tegen haar gezegd. Wat had ze misdaan? 'Ik wil alles weten,' zei hij streng. Wat wilde hij weten? Wat kon ze hem vertellen dat hij zelf nog niet wist, hij die zo'n bolleboos was? Toen ze aldoor bleef huilen, werd hij ongeduldig: 'Houd nu maar op met huilen, give sorrow words' (dus toch Shakespeare). 'Wat hebben jullie allemaal tegen mij?' snikte ze. 'Ik kan het toch niet helpen dat ik ziek ben?' De witte beer:

'Zo, noem jij dat ziek zijn? Biecht maar eens gauw op, heb jij met jongens gescharreld? Waar en wanneer is dat gebeurd, en met wie?'

Het werd donker buiten, het rolluik van de Goethalsen ratelde al omlaag. Het meisje voelde zichzelf ook donker worden, als had ze te lang in de zon gekeken. Lieve deugd, hoe zijn ze er achter gekomen? dacht ze. Hoe kon dit nu eigenlijk verband houden met haar ziekte? Je werd toch niet ziek door met jongens te scharrelen, zoals haar vader het noemde? Praktisch al haar schoolvriendinnen waren al eens met een knul uit geweest, maar geen enkele van hen was nadien ziek geworden. Ook Jetje Boes had wat met een jongen gehad, ze had het zelf verteld, hoe het was aangekomen enzomeer. Nou ja, Jetje zou zo iets wel kunnen verzinnen, ze gaf nogal graag hoog op van haar bewonderaars, echte en denkbeeldige. Was het ten slotte ook Jetje niet, die er haar toe had aangezet om kennis te maken met haar broer Dirk? Ze had zelf het bruggetje gebouwd, de gelegenheid voorbereid. Het was het beruchte ping-pongavondje, toen Jetje met haar ouders naar de bioskoop was en Dirk alleen thuisbleef. Dirk, die vijf jaar ouder was en blijkbaar al enige ervaringen met meisjes had gehad, was vlot van stapel gelopen. Het partijtje pingpong was natuurlijk maar een voorwendsel, dat begreep ze al direct, en ze was dan ook niet verrast toen Dirk haar onverwachts op de divan neerduwde en kuste en knuffelde. Ze had het prettig gevonden, ze had zich volwassen gevoeld, denkend: een jongen van twintig, die is toch al een man en mannen interesseren zich doorgaans niet voor meisjes van vijftien, misschien heb ik wel iets bijzonders, iets dat mannen aantrekt en hen het hoofd op hol brengt. Dat had ze gedacht, terwijl Dirk haar bevrijdde van het bat dat ze nog steeds als een maagdenkaars in de hand hield en haar vervolgens het leven leerde zoals hij zelf zei. Op een bepaald ogenblik was ze bang geworden en had ze hem gevraagd of het geen kwaad kon (lichtreclames flitsten in het donker aan en uit: *Doodzonde, Verboden Vruchten, Onkuisheid, Schande)*, maar hij had haar uitgelachen, zoals men domme halfwassen gansjes uitlacht die nog aan Sinterklaas geloven, en gezegd: 'Klein lief gekje, ik ga een vrouw van je maken.' Toen hij zijn belofte vervuld had en zij een vrouw was geworden, was ze er verbaasd over dat het zo eenvoudig was en had ze zich nauwelijks geschaamd. Lang niet zo erg als daareven, toen de egel haar betastte met zijn dikke koude vingers zonder een vrouw van haar te maken.

De witte beer gromde. Hij bleef op een verklaring aandringen, ze kon er niet aan ontsnappen.

Na het stille, bedwongen huilen van zoëven, snikte ze het plots uit. Ze vertelde hem alles wat hij wilde weten en zo langzamerhand werd het donkerder en donkerder, in de kamer, achter de hor, achter haar ogen die zich steeds meer met tranen vulden. En haar vader, de glorieuze Gloriant, die ze niet meer zag zitten (zelfs geen lichtreclames), zei niets en verroerde zich niet. Hij zat dicht bij haar en rook naar brillantine en tabak en muffe papieren en zoog zoveel mogelijk duisternis en woorden op, zo lang totdat hij helemaal was opgezwollen en een vreemd, steunend geluid uitbracht.

De Polka, aan de overkant, liet nu ook zijn rolluik neer, en bijna terzelfdertijd liet haar moeder beneden de egel uit. Huckle was ook in de gang, want ze hoorde haar moeder, tussen twee beleefdheden aan het adres van de dokter, gauw even tegen hem uitvallen.

Haar vader zei nog altijd niets. Misschien zit hij te zoeken naar een toepasselijk citaat, dacht ze. Ay my lord. Ze droogde haar tranen aan het laken af, met schuwe bewegingen. Eigenlijk was ze banger voor het ogenblik waarop hij zou gaan spreken dan voor dit lange stilzwijgen, want als een man als haar vader zo lange tijd zweeg, betekende dit ongetwijfeld dat hij iets vreselijks zat uit te broeden, iets waardoor de inwendige pijn die hij voor haar verborgen hield op haar zou overgaan. En ze wilde geen pijn hebben, geen pijn en ook geen specialist. Geen narigheid. Ze was jong en ze wilde vrolijk en gelukkig zijn, in haar eigen hummeles-wereld. Ich bin noch jung, geh lieber, und rühre mich nicht an.

Maar ze vergiste zich. Haar vader zei: 'The gods are just, and of our pleasant vices make instruments to plague us.' Ze begreep dit niet, maar ze hoorde dat hij niet boos was, niet zo boos tenminste als ze gevreesd had, en op dat moment voelde ze zich heel erg schuldig en verlangde ze er naar weer een klein meisje te worden, want ze dacht dat haar vader alleen maar verdriet had omdat ze nu een vrouw was geworden, omdat ze niet langer zijn lieve kleine meisje was, het suikerhartje dat hij op zijn schoot kon nemen en plagen.

Drie weken vóór het kerstverlof verliet het meisje de school. Ze ging voor een paar maanden naar een rustoord, ergens in het Zuiden, waar veel bergen en bossen waren. Ze was ziek, overspannen. De dag vóór haar vertrek deed Jetje Boes bijzonder druk met haar; ze wilde ook alles weten, net als haar vader. 'Waarom is je vader vorige week bij ons geweest?' vroeg ze. 'Ik weet het niet,' zei het meisje. 'Nou, ik weet het wel,' zei Jetje, 'ze hebben me de kamer uit gestuurd, maar ik heb aan de deur geluisterd, ik heb alles gehoord.' Het meisje kreeg een kleur en wendde het hoofd af. 'Ze hebben ruzie gemaakt,' snaterde Jetje, 'jouw vader en mijn vader, en toen zei jouw vader dat hij zich tegen een huwelijk verzette, omdat jij te jong was en omdat hij niet wilde dat zijn dochter met een schobbejak trouwde.' Het meisje zweeg, want op de een of andere manier begreep ze dat ze niet tegen Jetje kon zeggen, dat haar broer van haar een vrouw had gemaakt.

Toen ze de volgende dag naast haar vader in de trein zat die hen naar het Zuiden voerde, moest ze voortdurend aan Jetjes woorden denken en voelde ze dat ze Jetje zou gaan haten, niet om wát ze gezegd had, maar om de pesterige manier waarop ze het gezegd had. Zo'n akelig nest, ze wilde niets meer met haar te maken hebben; alhoewel ze beloofd had regelmatig te schrijven, zou ze dit niet doen, vast niet. Ook met Jetjes broer had ze niets meer uit te staan, want als haar vader gezegd had dat Dirk een schobbejak was, dan zou hij dat ook wel zijn. Overigens, ze wist nu dat ze een kind verwachtte, en had hij, die schobbejak, die mooiprater, haar niet verzekerd dat het geen kwaad kon? Had hij haar niet uitgelachen? Neen, ze wilde hem nooit meer weerzien. Ze wilde alleen nog van haar vader houden, de lieve witte beer, die bedrukt naast haar zat en nauwelijks een woord zei. Ze wist niet of hij bedrukt was omdat zij voor lange tijd wegging of omdat hij onlangs in de kwiz als een baksteen gezakt was en zich schaamde voor zijn collega's op het werk, die het gezien en gehoord hadden en daarover heimelijk plezier hadden. Alleen Piet Frankenstein, zijn vriend, had hem getroost: een volgende keer lukt het wel. Dat was zo goed als een dure, geurige sigaar uit een tube.

De witte beer reisde alleen terug en zat de hele tijd tegenover een man, die zijn gezicht verborg achter een boek. Het boek heette: *De man die alleen reisde.*

Gedurende de hele winter reisde hij in het weekend alleen naar het Zuiden en terug. Een paar keren gingen ook de Chinese bonbonnière en Huckle met hem mee; het was een dure reis, ze konden niet iedere week met z'n allen gaan. Huckle begon bovendien lastige vragen te stellen over de ziekte van zijn zuster, want alleen de geheimenissen Gods bleven verborgen en een zwellende buik was geen geheimenis Gods. Daarom besloten ze hem in 't vervolg maar thuis te laten, en omdat hij niet alleen thuis kon blijven, ging ook zijn moeder niet meer mee. Alleen een deel van Shakespeare's verzamelde werken vergezelde voortaan de witte beer op zijn lange, eenzame reizen naar het Zuiden, want alhoewel hij in de kwiz gedropen was en hij zich had voorgenomen geen nieuwe kans meer te wagen, kon hij niet zo maar op slag afscheid nemen van *Hamlet* en *King Lear* en *The Merchant of Venice,* die hij onder het hart droeg zoals Cynthia het kind van Dirk Boes onder haar hart droeg.

Toen de eerste pinksterbloemen in de bloemen- stalletjes bij het station te koop waren, kwam het meisje thuis, veel vroeger dan voorzien was. Ze was mager geworden en ook de kringen onder haar ogen waren niet verdwenen. Thuis zat ze stil en eenzelvig in een clubfauteuil, de benen onder zich opgetrokken, bijtend op haar onder- lip. Niet Dirk Boes, maar de bergen en de bossen hadden een vrouw van haar gemaakt. Huckle draafde met zijn katapult rond en scheurde bla- den uit haar oude schriften om er proppen mee te maken, waarmee hij haar plagend bekogelde. Maar telkens als zij een van de onbrandbare gas- sen of abele spelen tegen haar hoofd kreeg, maakte ze zich kwaad: 'Laat me toch met rust, je verveelt me.' Alles verveelde haar, alles ver- moeide haar. Toen Jetje Boes haar een paar da- gen na haar terugkeer kwam opzoeken, wilde ze haar niet zien en vluchtte ze naar haar ka- mer.

's Avonds, als ze met haar vader en haar moeder alleen in de salon zat, doken de bekende leidmotieven weer op: je moeder en ik, je vader en ik, vertrouwen, zorgen, problemen, gezondheid. Ze luisterde verstrooid en keek naar hun handen, alsof ze de woorden tussen hun vingers zag zitten, alsof hun handen spandoeken ontrolden waarop de woorden in grote drukletters geschreven waren, als betogersleuzen. Het liet haar onverschillig, het verveelde haar, het vermoeide haar. Op het einde van de eerste week na haar terugkeer kwam Huckle met een verslagen gezicht van school thuis. 'Wat heb je?' vroeg zijn moeder. 'Niets,' zei hij. Hij ging zijn huiswerk zitten maken, prikte met zijn pen in het groene geblokte tafelkleed en zat herhaaldelijk zijn zuster te begluren. De witte beer kwam thuis en ook hij zag het verslagen gezicht. 'Wat heb je?' vroeg hij op zijn beurt. Het jongetje veegde zijn pen af aan de inktlap en zei: 'niets.'

Toen ze even later aan tafel gingen, vroeg hij opeens, pulkend in zijn neus: 'Paps, wat is een koekoeksmeisje?' 'Dat is een woord dat niet bestaat,' zei zijn vader, 'en blijf uit je neus, vieze jongen.' Huckle trok zijn vinger uit zijn neus, knipperde met de ogen en aarzelde even: 'Op school zeggen ze dat Cynthia een koekoeksmeisje is, waarom zeggen ze dat dan?' Zijn vader keek

21

op zijn bord, alhoewel er niets te zien was, want er was nog niet opgediend. 'Wie zegt dat?' vroeg hij scherp. 'Iedereen, de jongens van mijn klas, en ook die van de andere klassen,' zei Huckle. De witte beer gooide met een woest gebaar zijn servet op tafel en keek naar de Chinese bonbonnière, die met de sperzieboontjes uit de keuken kwam en het hele gesprek gehoord had. 'Zo, zeggen ze dat? Je moet er maar niet op letten, het heeft niets te betekenen.' Het meisje zat zwijgend, met neergeslagen ogen op haar lege bord te staren en haar witte aspergevingers speelden met de zilveren vork waarin de initialen CS gegraveerd waren. Tegen de hor in het voorraam tikten vage pianoklanken aan, als insekten die naar binnen wilden. De Polka speelde een mazurka op zijn piano met gekruiste snaren.

Na het avondeten, terwijl de bonbonnière in de keuken de vaat waste en Huckle op zijn kamer zijn huiswerk afmaakte, zaten het meisje en de witte beer lange tijd zwijgend tegenover elkaar in de salon. Het meisje beet op haar onderlip en keek naar de rook die achter het derde deel van de verzamelde werken van William Shakespeare opkrinkelde. 'Waarom zeggen ze dat ik een koekoeksmeisje ben, paps?' vroeg ze plots. Het boek zakte een eindje en haar vader morste as van de goedkope sigaar op zijn broek. Hij blies de as niet weg en zag haar niet aan. 'De koekoek,' zei hij met schorre stem, 'legt zijn eieren in de nesten van andere vogels om ze te laten uitbroeden.'

Het meisje boog het hoofd en ontplooide met bevende vingers de papieren schietprop die ze in de clubfauteuil had gevonden. Door haar tranen heen las ze: in water gemakkelijk... gas een verbinding aan... H_2SO_2 of zwaveligz... Ik ben geen koekoek, dacht ze, en ik ben ook geen meisje, ik ben een vrouw. Ze hoorde de veren in de fauteuil van haar vader met een floep opspringen. Witte beer, lieve witte beer, geluksworp, ik heb jou nodig, leer mij gelukkig worden. Ze voelde een hand op haar hoofd, op haar kort geknipte haren.

'Be thou as chaste as ice, as pure as snow, thou shalt not escape calumny,' zei de witte beer.

De oeroude vijver

Dinsdag stond ook mijn gezicht vol puisten en droomde ik van de krokodillen. Zolang er nog meer puisten op mijn lichaam verschenen en ik overdag akelige dromen had, zou ik niet beter worden. Niemand had mij dit gezegd, maar ik wist het, zoals ik wist dat je geen kinderen kon hebben als je niet bij een vrouw sliep. Mogelijk werd ik helemaal niet beter en zou ik op zekere dag, terwijl het buiten hagelde en de verkoolde boom achter het raam eindelijk werd afgezaagd, door de krokodillen worden opgeslokt. Ik zei dit tegen de zuster met de eskimo-ogen die 's avonds mijn temperatuur kwam opnemen.

'U behoort niet tot de ernstige gevallen,' zei ze. 'Ik denk wel dat u het er doorhaalt. Zolang u echter 's nachts nog fosforesceert, kunnen we geen prognose maken.'

Ik vroeg haar een spiegel om mijn puistig gezicht te zien, maar ze schudde het hoofd.

'Kijkt u maar naar de Heilige Moeder en vertrouwt u op haar,' zei ze en wees naar het beeldje op de kast.

25

Ik keek niet naar de Heilige Moeder, want haar suikerige glimlach en haar verglaasd porseleinen gezicht bevielen me niet. Ik had de indruk dat ze zich vrolijk maakte over mijn rozijnengezicht. Ik keek naar de verkoolde boom achter het raam en vroeg:

'Wanneer gaan ze hem afzagen?'

'Dat weet ik niet,' zei ze. 'Misschien laten ze hem staan.'

Ik wilde nog meer weten en vroeg:

'Heeft de epidemie nog uitbreiding genomen?'

Ook dàt wist ze niet. Ze zoog op haar duim en zuchtte en in haar eskimo-ogen flikkerden strijdlustige voornemens.

'Doet u uw ogen maar dicht en probeer te slapen,' zei ze.

'Ik kan niet slapen,' zei ik. 'Ik ben bang, als ik mijn ogen sluit. Ik heb altijd zulke vreselijke dromen.'

Net toen ik het haar wilde vertellen, van de krokodillen en de andere nachtmerries die eigenlijk dagmerries waren, nam ze de thermometer van onder mijn oksel weg en las de koorts af.

'Hoeveel?' vroeg ik.

'Achtendertig negen,' zei ze.

Ze keek nog eens, kneep haar ogen half dicht en sloeg toen de thermometer af. Achtendertig negen, dacht ik. Ik zou nog niet direct doodgaan.

De bloeddorstige krokodillen klapten hun wijd opengesperde muilen dicht, die vanbinnen met rose vloeipapier gevoerd waren. De zuster geeuwde, maar ik kon niet zien of ook hààr muil niet met vloeipapier gevoerd was, want ze trok hem niet ver genoeg open.

Vooraleer ze wegging, zei ze:

'Morgen komt de Japanse dokter. Hij is een specialist en zal zich met meer zekerheid over uw geval kunnen uitspreken.'

Ik geloofde haar niet. Ze had al zo dikwijls gezegd dat de Japanse dokter zou komen, iedere dag zei ze het, maar hij kwam nooit. Misschien had hij in zijn haast om hierheen te komen zijn been gebroken en lag hij nu in het gips.

Woensdag droomde ik dat ik in de stalen long lag, die ik bij mijn opneming in een benedenkamer naast de trap had gezien. Alleen mijn hoofd stak er uit en door de ruit van het patrijspoortje zag ik mijn buik op en neer gaan als een gummipeer die met een onzichtbare blaasbalg was verbonden. Het gezoem in mijn oren deed me aan een transformatorhuisje denken en ik had het gevoel alsof mijn lichaam geladen werd met geheimzinnige spanningen, alsof een dynamo mijn ziek bloed geleidelijk veranderde in kolkende stroombanen, schuimend drakebloed. Een verzorgde hand met een smetteloze manchet druppelde in mijn neus een wit glinsterend vocht, dat er als kwikzilver uit zag. Na een tijdje begon de grond onder mij te beven, een zwaar dreunend geluid overstemde het gezoem van het transformatorhuisje. Het was alsof zich onder de tegelvloer een machinekamer bevond, die plots in werking gesteld werd. Ik wist niet wat ik er van moest denken, totdat ik verschillende deuren hoorde toeklappen en het verwarde geschreeuw van mannen en het gegil van vrouwen op de gang vernam. De stalen koker, waarin mijn lichaam was opgesloten, begon te schommelen. Toen ik begreep wat er gebeurde, werd ik haast uitzinnig van angst. Iedereen vluchtte weg, niemand dacht er aan mij te bevrijden. Mijn hoofd dreigde uiteen te barsten en ik opende de mond om te schreeuwen, maar slaagde er niet in enig geluid voort te brengen.

Er sloegen slechts vlammen uit mijn mond op, ik spuwde vuur tegen het patrijspoortje waarvan de ruit onmiddellijk zwart geblakerd werd. Ik was een geketende draak. Een machteloze en weerloze getuige van de ondergang van de wereld. Boven mijn hoofd hoorde ik een ontzettend gekraak en ik zag grote plakken stuc van het plafond loskomen.

Toen ik wakker werd, badend in het zweet, stond de Heilige Moeder op de kast nog steeds te glimlachen. Ze gaf het nooit op te glimlachen, ook niet als de vreselijkste ziekten in de steden uitbraken en aardbevingen de huizen deden instorten, mannen en vrouwen en kinderen onder het puin bedelvend. De glimlach was in haar gezicht gebakken, ze kon hem nooit meer afleggen, zelfs niet als ze veeleer lust had om te huilen.

De zuster met de eskimo-ogen kwam en ik vertelde haar wat ik gedroomd had.

'Er is maar één waarheid sterk genoeg om de menselijke angst te overwinnen,' zei ze.

Het geloof, vulde ik in gedachten aan. Nu, het was enigszins anders, ze zei: 'De goddelijke waarheid.' Maar het kwam op hetzelfde neer. Ik gluurde onder haar kap naar haar knarsbenige oren, die op verkalkte zeeschelpen leken.

'Hoe moet men eigenlijk geloven?' vroeg ik.

Het klonk als een catechismusvraag en daarom verduidelijkte ik onmiddellijk:

'Ik bedoel, moet men speciale eigenschappen hebben om te kunnen geloven?'

'Het geloof,' zei ze, 'is als een boek zonder bladwijzer. Men leest het begin en het einde, en wat daartussen ligt aanvaardt men met gesloten ogen.'

'Het is juist het begin en het einde die ik niet kan aanvaarden,' zei ik.

Ze antwoordde niet. Ze vond het blijkbaar de moeite niet waard mij te willen bekeren. En misschien had ze gelijk: hoe kon zo'n stumperd als ik, zo'n afschuwelijk rozijnengezicht, de genade verdienen?

Ik keek naar de verkoolde boom en toen weer naar haar oorschelpen:

'Heb ik vannacht nog gefosforesceerd, zuster?'

'Als een glimworm,' zei ze. 'Maakt u zich daarover nu maar geen zorgen. Morgen komt de Japanse dokter en dan weten we precies waar u aan toe bent.'

Hij kwam dus morgen maar wéér eens, de Japanse dokter. Wat was het grappig, dat hij dagelijks bleef komen — hij sloeg nooit een dag over — en dat ik nog steeds niet wist hoe hij er uit zag. Ik vergat de zuster te vragen of mijn temperatuur nog gestegen was sedert de vorige dag en ze zei er zelf ook niets over. Het geloof is een boek zonder bladwijzer, dacht ik toen ze weggegaan was. Ik ondervroeg in stilte de Heilige Moeder op de kast, die, zo ze gewild had, mij toch een ondubbelzinniger antwoord had kunnen geven. Maar ze bleef suikerig glimlachen, stom, zwijgend, de dunne lippen opeengeklemd, alsof ze het zo dadelijk zou gaan uitproesten, en ik vond dat ze er precies zo uit zag als een boek zonder bladen. Je hoefde er helemaal niet in te lezen, ook het begin en het einde niet, want die waren er uitgescheurd, of ze hadden er nooit in-gestaan. Ik had de zuster nog willen vragen of het werkelijk kwikzilver was, dat men me tijdens mijn droom in de neus had gedruppeld. Maar nu was ze weg en ik besloot het haar de volgende dag te vragen.

Maar de volgende dag, donderdag, gebeurde er iets waardoor ik niet de gelegenheid kreeg het haar te vragen, of waardoor ik het gewoon ver-gat: de Japanse dokter kwàm. Neeneen, niet de zuster zei dat hij de volgende dag zoù komen, maar hij kwàm echt, hij zelf, en zijn been scheen niet gebroken. Maar er was toch iets niet in de haak met zijn benen; waarschijnlijk waren ze lam, want een verpleegster reed hem in een rol-stoel de kamer in. Meteen begreep ik waarom hij zo lang op zich had laten wachten: als hij op die manier overal moest worden rondgereden, kon hij het natuurlijk niet op de klok af.

In het begin schonk ik meer aandacht aan de verpleegster, die verrukkelijk jong was en er heel aardig uit zag, dan aan hem. Maar zodra ik ook op hèm nauwkeuriger lette, stelde het me teleur dat hij hoegenaamd geen Japans gezicht had: geen gele huid, geen spleetogen, geen uitpuilen-de jukbeenderen. Hij had een vreselijk gewoon gezicht, met een bleke licht rimpelige huid, als het vlies op gekookte melk. Een gezicht zoals je er duizende zag op alle vluchtheuvels tussen Parijs en Londen. Een gezicht dat je kon stelen en doorgeven aan je buurman zonder dat iemand er de lucht van had. Nu ging ik hem toch maar eens beter bekijken: verdraaid, hij hàd een gestolen gezicht. Hij leek op de drogist uit mijn straat, bij wie ik vóór mijn opneming geregeld om kamillethee ging. Ik verbeeldde het me heus niet, het was frappant.

Ik begon alvast in en uit te ademen, luid snuivend, want ik had niet graag dat hij het me zelf moest commanderen. De verpleegster stond, achter de rolstoel, zachtjes in haar oor te knijpen en ik had de indruk dat ze mijn aandacht wilde vestigen op het gaatje in haar oorlel, klaargeboord voor de gouden hangertjes die een royale vrijer haar wilde cadeau doen.

De Japanse dokter met zijn drogistengezicht boog zich voorover, knoopte mijn pyjamajasje los en bekeek mijn borst. De stethoscoop scheen er niet aan te pas te komen en ik deed dan ook geen moeite meer om mijn ademhaling te regelen. Ik hoopte dat hij ook mijn broek niet omlaag zou trekken, want ik schaamde mij voor de verpleegster, die naar de puistjes op mijn lichaam keek met een blik zoals je naar een lichaam kijkt en niet naar puistjes. Maar dat deed hij niet, hij had al genoeg gezien.

'U hebt gras gegeten,' zei hij, 'besmet gras, radio-actief gras.'

'Ik heb géén gras gegeten,' zei ik. 'Waarom zou ik gras eten? Ik ben geen koe.'

Ik verwachtte dat hij boos zou worden, omdat ik hem tegensprak, maar hij schoof zijn onderlip vooruit en krabde zich nadenkend achter het oor.

'Het is hopeloos,' mompelde hij.

'Wat is hopeloos?' vroeg ik, mijn pyjama toe-knopend. Er kwamen steeds meer rimpeltjes in zijn melkvlies, hij dacht aldoor na, ernstig, zwij-gend. Ik begluurde nieuwsgierig zijn gestolen gezicht en kon uit niets opmaken wat hij precies dacht. Toen sloeg ik de ogen op naar de ver-pleegster. Telkens als ik haar aankeek, werd ze mooier, verleidelijker, naakter. Haar glimlach was niet in haar gezicht gebakken; hij was een bloem, een vleesetende bloem met trillende meel-draden. Toen ik echter zag dat ze haar oorlel losliet en de ogen van me afwendde, begreep ik dat ik me vergist moest hebben: met mijn lelijk, puistig gezicht had ik geen kans, ook niet als ik haar de kostbaarste hangertjes ter wereld aan-bood.

'Bent u gelovig?' vroeg de Japanse dokter, nadat hij een eeuwigheid had zitten nadenken.

Ik schrok. Gewoonlijk vroegen de dokters me of

ik getrouwd was, of mijn ouders nog leefden, of ik kinderen en pijn had, en wààr ik pijn had, en weet ik wat nog meer. Maar geen enkele dokter had ooit willen weten of ik gelovig was. Ze hadden alleen interesse voor het lichaam van hun patiënten, en voor de lichamen waaruit hun patiënten geboren waren en de lichamen die uit hèn geboren waren, maar niet voor hun ziel.

'Neen,' fluisterde ik angstig. 'Bedoelt u dat ik me moet voorbereiden op... eh...'

'U moet het niet direct zo somber inzien,' zei hij. 'Een mens moet altijd gereed zijn. Van het ogenblik af dat hij zijn ogen opent, leidt zijn bewustzijn van de dingen die hij om zich heen ziet hem in de richting van de dingen die hij nièt ziet, nóg niet ziet. Het zintuiglijk bewustzijn is een van de zwaarste menselijke beproevingen. Het is een voortdurende foltering, want dit bewustzijn is veel te groot, veel te expansief voor het kleine lichaam, het enge omhulsel waarin het huist. Slechts de onthechting maakt een einde aan die foltering en een verstandig mens begint zich niet pas te onthechten zodra hij zijn einde voelt naderen, maar lang vóór die tijd.'

'U maakt me bang,' zei ik.

'Dat is goed,' zei hij tevreden. 'Wie bang is, erkent zijn eigen zwakheid, zijn betrekkelijkheid. De mens moet zijn grenzen leren zien, dit is de eerste stap naar de onthechting. De grote Japanse dichter Matsoe-o Basjoo heeft het menselijk bestaan vergeleken bij het geluid dat de sprong van een kikker maakt in het water van een oeroude vijver. Een plons die de stilte verbreekt, een rimpeling op het wateroppervlak, en het is voorbij.'

Hij praatte niet als een dokter, maar dat vond ik niet erg, want van wat de dokters zeiden die praatten als dokters verstond ik doorgaans nog veel minder; dat was zo helder als koffiedik. Ik dacht over zijn woorden na en vroeg me af of hij dit alles in de puisten op mijn borst had gelezen. Of in mijn navel, zoals sommige oosterse denkers — hoe heetten ze ook weer? Het was een woord dat op yoghurt leek.

Ik zei hem wat de zuster met de eskimo-ogen mij had voorgespiegeld: dat hij zou kunnen zeggen waar ik precies aan toe was. Smekend keek ik hem aan, maar hij glimlachte droevig en legde zijn handen op zijn lamme knieën.

'U moet geduld hebben,' zei hij. 'Het gaat niet om één enkele mens, maar om de hele aarde. De aarde waarop wij leven is ziek, en zo ik er in slaag háár beter te maken, zult u vanzelf ook genezen. Ik kan me niet uitsluitend met ù bezighouden, dat moet u begrijpen.'

De verpleegster glimlachte nerveus en staarde naar buiten, naar de verkoolde boom.

'Hoelang zal het duren?' vroeg ik.

'Jaren, misschien eeuwen,' fluisterde hij. 'We moeten eerst de oeroude vijver uitbaggeren.'

Toen hij mijn ontsteltenis bemerkte, voegde hij er aan toe:

'Tracht de onthechting te bereiken en het zal u niet zo lang toeschijnen.'

Hij knikte me bemoedigend toe. Zijn gezicht was een ogenblik zeer dicht bij het mijne en ik zag de fijne aderige bloedspoortjes onder zijn huid en de diepe poriën op zijn neus, als ontelbare speldeprikjes. Daarop gaf hij de verpleegster een wenk. Zij keerde de rolstoel en reed hem de kamer uit. Ik keek haar na, ze liet me rustig de tijd om haar slanke popperige figuur te bewonderen. Maar haar verschijning wekte geen enkel verlangen, geen enkel lustgevoel meer in me op, ik voelde me zwak en verdoofd en was daarover zeer verbaasd, want ik had niet gedacht dat ik zo vlug de onthechting zou bereiken, dat het zo gemakkelijk was.

Mijn lippen waren droog en gekloven en ik reikte naar het glas aalbessesap op het nachtkastje en wilde een slokje nemen, maar het glas was leeg. Ontgoocheld lag ik naar het voeteneinde te staren. Mijn temperatuur was blijkbaar aanzienlijk gestegen door de opwinding van het gesprek met de Japanse dokter. De Japanse dokter die een gestolen gezicht had, het gezicht van mijn drogist. Ik lachte luidop en schrok van mijn eigen stem. Het klonk boosaardig. Mijn hoofd zat vol gruis en als ik het bewoog, scheen het gruis door een rooster te vallen. Het geloof was een boek zonder bladwijzer en de wereld een oeroude vijver. Heilige Moeder op de kast, bid voor de verkoolde boom en voor de kikkers die in het groene bekroosde water van de oeroude vijver plonzen en er door krokodillen worden opgeslokt. Het warrelde alles in mijn hoofd door elkaar. Ik ging op mijn zij liggen en wachtte ongeduldig op de komst van de zuster met de eskimo-ogen.

Uren, dagen, jaren, eeuwen later kwam zij. Toen ze naast mijn bed stond, was al het gruis in mijn hoofd reeds lang door de rooster gevallen. Het zat nu in mijn borst, een hoopje lauwe sintels, koolslakken.

Ik richtte me half op, steunend op de ellebogen, en zei slissend:

'De Japanse dokter is hier geweest.'

Ze duwde me zacht achterover en stak de thermometer onder mijn oksel.

'Waarom zit hij in een rolstoel? Zijn z'n benen verlamd?'

Ze streek de omslag van het laken onder mijn kin glad en een tijdlang zag ik niets anders dan

37

de witte huif van haar kap, die voor mijn ogen heen en weer bewoog. Ik had kunnen gaan huilen, omdat ze niets zei, omdat ze zich doof hield.

Ik herhaalde mijn vraag en ze keek me raar aan. 'U hebt weer gedroomd,' zei ze eindelijk. 'Het spijt me u dit te moeten zeggen, maar de Japanse dokter is gisteren gestorven. Hij is het slachtoffer geworden van zijn plicht. Hij had op zijn beurt de besmetting opgedaan.'

De sintels in mijn borst bewogen en gloeiden opnieuw aan. Mijn lichaam voelde gezwollen. Het elastiek in mijn pyjamabroek spande om mijn middel en de kwiknaald van de thermometer boorde als een speer in mijn oksel. Het is juist het begin en het einde die ik niet kan aanvaarden, dacht ik weer. Ik keek langs de witte kap van de zuster naar de muur, naar de dingen die ik nog niet zag, omdat ik er niet in slaagde mijn bewustzijn te onderdrukken, omdat ik de onthechting nog niet bereikt had. Er zat een grote vouw in de muur, als het blad van een boek dat haastig was toegeslagen, een boek zonder bladwijzer.

'Kent u de Japanse dichter Matsoe-o Basjoo?' vroeg ik.

'Neen,' zei ze.

'Hebt u nooit van hem gehoord?'

'Neen,' zei ze weer.

Ze nam het lege glas van het nachtkastje weg en vroeg of ik nog wat aalbessesap verlangde.

Ik knikte.

Er werd een brandladder achter het raam opgedraaid en er klom een man op met een spanzaag.

'Ze gaan hem dus toch afzagen,' zei ik.

'Ja,' zei ze.

Het deed me pijn, dat ze hem gingen afzagen. Hij was mijn vriend, de verkoolde boom, ik hield van hem. Misschien omdat hij mijn bewustzijn leidde in de richting van de dingen die ik nog niet zag.

Ik sloot de ogen. Ik was niet bang meer om mijn ogen te sluiten. Het kon me niet schelen dat ik vreselijk zou dromen, want ook als je je ogen openhield, leefde je voortdurend in een benauwende droom.

De heilige vingerkootjes

De magister kwam thuis van de kruistocht tegen de Albigenzen. De stoepen in de buurt waren pas gedweild en de jongste aanwinst van Belchus, de slavenhandelaar, leunde uit het raam en keek hem nieuwsgierig na. Het is hier ondertussen allemaal weinig veranderd, dacht hij. Hij trok zijn kleren uit en zwom door de vijver naar de portiek van de villa. Het was bepaald vervelend, dat hij telkens het water over moest om zijn penaten op te zoeken, maar het zag er naar uit dat dit de eerste tijd wel zo zou blijven. Hij stelde de oplossing van dit ongemak nu al vier jaar uit, omdat hij steeds weer weifelde tussen een bruggetje en een vlot. En hij wilde de vijver ook niet laten leeglopen, omdat hij er geweldig trots op was, dat hij de enige in de omtrek was die een villa met een vijver ervóór bezat.

Galoche, de Baskische huisbediende, die er met zijn ponyhaar en zijn zwaarmoedige, omwalde ogen als een voorlijke page uitzag, had van uit de loggia zijn meester zien overzwemmen en wachtte hem aan de rand van de vijver met een gespreide badhanddoek op.

'Welkom thuis, heer.'

De magister dankte hem met een hoofdknikje en liet zich droogwrijven. Over zijn gebruinde rechterschouder liep een wit litteken met zijwaartse vertakkingen, als een visgraat.

'De school is tijdens uw afwezigheid afgebrand, heer,' zei de Bask bedrukt, met een schuwe oogopslag, als vreesde hij dat hij hiervoor persoonlijk verantwoordelijk zou worden gesteld.

'Ik heb ervan gehoord, een paar weken geleden,' zei de magister. 'Een tonijnenvisser te Sète vertelde het me.'

'Het was vreselijk. Dertien scolares zijn levend verkoold en magister Scholl is uit een erker naar beneden gesprongen en heeft een hersenschudding opgelopen.'

'Ja ja, ik heb ervan gehoord,' herhaalde de magister ongeduldig en liep de portiek in, nagehuppeld door de Bask. 'Haal nu maar eerst mijn spullen op, daarna kan je opdienen in de bibliotheek.'

De stoethaspelige huisslaaf draafde weg en de magister kloste naar de bibliotheek. Hij ging op de rustbank liggen, onder de opgezette pluvier, en sloot zijn ogen. Het bloed klopte in zijn polsen. Het bloed spoelde door de bedding van de

Orbe en overstroomde de gemeente, vloeide in de schimmelgrijze stegen uit. De dood hamerde in zijn handen, in zijn vingertoppen, de dood van de zestigduizend mannen, vrouwen en kinderen van Béziers, de dood van de tienduizend beleger-den te Carcassonne. Het was afschuwelijk: de stinkende bloedplas van Languedoc. De zon be-smeurde de bezwete en bestoven gezichten, het moede melige gezicht van Simon van Montfort, het dweepzuchtige galgroene gezicht van de abt Arnold van Citeaux, de gezwollen krampgezich-ten van de kruisvaarders, de hoogsteltige waad-vogels, de opgezette pluvieren door de Paus uit-gezonden om de Katharen te onderwerpen en het gezag van de Kerk op de as van de brandstapels te herstellen. Was Simon van Montfort een held of een schurk? Was de abt een heilige of een werktuig van de duivel? De bloedplas onder de vestingtorens en in de Magdalenakerk was ge-stold en de rode vloed had zich teruggetrokken uit de schimmelgrijze stegen, maar de dood ha-merde voort in zijn magere gekloofde handen, in zijn vingertoppen, zijn gedachten. De dood was hem als een onafscheidelijke dienaar achter-nagereisd van bij de monding van de Hérault, als een van die vreemde droommonsters met vu-rige ogen en polieparmen die je overal achtervol-gen, ook als je hard wegloopt of je verbergt.

Toen Galoche de schaal met kreeften en de wijn-
pul binnenbracht, opende de magister de ogen.
Traag rees hij van de bank op en hij wilde iets
vriendelijks zeggen, maar de koele bereeuwde
lippen van honderdduizend dode Albigenzen
drukten zijn mond dicht. Het was niet zo eenvoudig, iets vriendelijks te bedenken om tegen
je zonder-dat-ook-wel-dankbare huisslaaf te zeggen, als je een paar jaren onder Simon van Montfort gediend had en in naam van de Heilige Paus
de naastenliefde had gepredikt met het zwaard.
Zwijgend ging hij zitten eten en keek onderwijl
naar de perkamenten ruggen van de boeken in
de rekken. Hij herkende dadelijk de smoezelige
rug van Johannes Damascenus, *Barlaam en Josa-
phat,* zijn lievelingsboek, en op dezelfde plank
de bruingevlekte Boëthius en de begriffelde Abé-
lard. Enkele zinnen uit Boëthius vielen hem in,
oude bruingevlekte zinnen die hem niet ontroer-
den en niet warm maakten, die in zijn geheugen
heen en weer wapperden als de verschoten en
gescheurde oriflammen van de hoogsteltige
waadvogels in de koele herfstwind die over de
garrigues waaide. Wat betekende de Troost der
Wijsbegeerte die leerde dat God in vrede over
allen heerste, wanneer de mensen wie die geleerd
werd elkaar als wolven verslonden om elkaar
in onverdraagzaamheid te kunnen overheersen?

Homo homini lupus. De waarheid van Plautus en de troost van Boëthius. Wat betekende het woord van de kerkvaders, de scholastici en de verlichte denkers, als dit de dood van honderdduizend Albigenzen niet kon verhinderen en de heilige handen van de heilige Paus niet kon reinigen van het bloed?

De Bask stond onbeweeglijk en met neergeslagen ogen bij de deur, wachtend op een teken om af te ruimen. Het watervalletje in de klepsydra, de Griekse waterklok, ruiste eentonig als de stroomversnellingen en draaikolkjes van de Agout, murmelde in het marmeren bekken als de onderaardse riviertjes in de Plateaux de Causses.

De magister keek op: 'Heb je mijn spullen opgehaald?'

'Ik heb uw spullen opgehaald, heer.'

'Heb je de buidel gevonden?'

'Ik heb de buidel gevonden, heer.'

'Bauw me toch niet altijd na, jij onnozel kalf. Heb je dat nu nog niet afgeleerd? Zeg: ja, heer.'

'Ja, heer.'

De magister schoof de schaal van zich af en veegde zijn mond af.

'Haal de buidel even hierheen,' beval hij. 'Alléén de buidel, begrijp je me? Je kunt meteen de schaal en de pul meenemen.'

De Bask ruimde de tafel af en hompelde de kamer uit. Spoedig daarop keerde hij met een linnen beurs terug, die hij met een bange bijgelovige blik aanreikte. De magister maakte de buidel niet open. Hij zat met een kreeftepoot in het groefje van zijn oorschelp te peuteren en luisterde naar het wegstromen van de tijd in de waterklok. Na een poos zei hij:

'Bij mijn terugkeer uit Santiago de Compostela ben ik in je geboortedorp geweest, zoals je me gevraagd had.'

De donkere zwaarmoedige ogen van de Bask bleven op de geheimzinnige gesloten buidel gericht.

'U bent in mijn geboortedorp geweest, heer,' fluisterde hij dankbaar, ogenschijnlijk ontroerd.

'Houd nu toch eindelijk eens je vervloekte muil,' grauwde de magister. 'Je hoeft niet alles te herhalen wat ik zeg.'

De Bask wierp hem een vlugge, verwonderde blik toe. Vroeger had de magister hem nooit een onnozel kalf genoemd en had hij ook nooit van zijn vervloekte muil gesproken. De heilige oorlog had zijn hart uitgerukt en zijn taal veranderd. Misschien was de heilige oorlog toch niet zo heilig als algemeen geloofd werd.

'Ik heb met je zuster gesproken,' ging de magister voort. 'Zij maakt het goed. Je vader is echter vorig jaar spoorloos uit het dorp verdwenen.

Het gerucht gaat, dat hij zich bij de ketters heeft aangesloten en dat hij nu onder de graaf van Toulouse dient.'

Hij zei dit zonder verachting, eerder een tikje medelijdend, en de slaaf knikte, als vond hij het de gewoonste zaak van de wereld dat zijn vader het met de Manicheërs hield, als had hij dit van hem wel verwacht.

'En mijn moeder, heer? Hebt u met haar gesproken?'

De magister maakte met de kreeftepoot een kruis over het tafelblad en prevelde een bezweringsformulier.

'Je moeder is dood,' zei hij toen, 'al een hele tijd, vier of vijf jaar misschien. De Moren hebben haar opgeknoopt. Je zuster heeft me alles tot in bijzonderheden verteld, maar die zal ik je besparen.'

Een tijdlang staarde de Bask naar de kreeftepoot en naar de gekloofde handen van de magister, met onbeweeglijke en blinde ogen, als de ogen van een schildpad. Toen zonk zijn hoofd langzaam op zijn borst en zwijgend stond hij daar, zonder haat en zonder droefheid, alleen maar zwijgend, met zijn gezicht dat te smal en te bleek was onder de zwarte franje van het ponyhaar, als een vuursteen uit vochtige aarde opgedolven, het gezicht van de voorlijke page waarin de oogwallen op ingezette lapjes olifantshuid leken.

'Wat ik je wel kan vertellen, is dat je moeder in je geboortestreek als een heilige wordt vereerd. Men praat over haar net zo als over Hildegardis van Bingen, de Sybilla van de Rijn. Ik geloof wel dat dit je zal troosten. Je zuster heeft me overigens de buidel meegegeven die je daar ziet en die de vingerkootjes van de linkerhand van je heilige moeder bevat. Ze zei dat je die moest bewaren tot aan je dood, als een aandenken, als een reliek. Zij zelf bewaart de kootjes van de rechterhand. Ze zei dat je moeder dit zo gewild heeft.'

Hij schoof zijn verschrikt kijkende dienaar de beurs over de tafel toe.

'Neem hem maar, hij is je eigendom.'

De Bask verroerde zich niet en gaf geen antwoord.

'Wil je hem niet? Nu nog mooier. Je bekijkt me, alsof ik je het stuitbeen van de duivel aanbied. Je hoeft toch niet bang te zijn voor iets dat je moeder heeft toebehoord, dat deel heeft uitgemaakt van haar heilig lichamelijk wezen. Kijk, wil ik de buidel openmaken? Zal ik het je tonen?' Hij wilde de snoeren losmaken, maar toen sprong de Bask plots als een leeuw naar voren, griste hem de beurs uit de handen en holde er mee weg.

De magister keek hem met een schamper lachje na. De zon ging onder en de muur tegenover het raam was vuurrood, als het tentzeil waarachter hij gewond had gelegen, 's nachts, terwijl Carcassonne in de vlammen opging. Hij deed zijn leren polsriemen af en masseerde beurtelings zijn linker- en rechterpols. Als een reusachtige roofvogel stond de schaduw van de pluvier op de vlammenmuur.

Toen de avond viel, legde hij zich op de bank te rusten. De boeken in de rekken stonden in dichte ondoordringbare gelederen om hem heen. Het zilveren beslag van de Theophilus-band en de emailplaatjes op de rug van de Limoges-band glansden als kurassen, als de borstpantsers van de zevenhonderd ruiters in het veld vóór Muret. Hij hoorde het woeste geschreeuw van de waadvogels en het bonzen van de werpbijlen op de schilden, en hij rook de zoete lucht van de lijken wier bloed door de bedding van de Orbe en de Hérault wegstroomde. De woorden van Augustinus, Aristoteles en Boëthius snorden als pijlen de lucht in en keerden niet terug. De wijsheid en de schoonheid waren voorzien van scherpe weerhaken en de Heilige Geest liep uit de kloosters en de kerken weg om de abt Arnold van Citeaux en de graaf van Montfort te volgen, om de pektonnen te vullen en de speerpunten aan te scherpen en het hout voor de brandstapels aan te slepen. Tantaene animis coelestibus irae?

Hij vouwde de handen over zijn borst. Het geklater van het water in de klepsydra maakte hem soezerig. De fontein van donkerrood bloed borrelde achter zijn ogen op, vloeide over zijn handen, zijn borst, zijn buik, breidde zich warm en dampend uit als de grote, stinkende bloedplas van Languedoc. De slagader van de Westerse kerk, de aorta van de christenheid, dacht hij vooraleer hij insliep.

Hij ontwaakte de volgende dag, laat in de voormiddag. Omdat hij op zijn zij lag, keek hij, zodra hij de ogen opende, in het droefgeestige gezicht van de Bask. De Bask zat gehurkt vóór de bank en zag zijn meester oplettend aan en het viel de magister op dat zijn ogen niet langer blind en onbeweeglijk waren, als de ogen van een schildpad, niet langer ook zonder haat en zonder droefheid, zoals ze gisteren geweest waren, en twintig maanden geleden, toen hij naar het Zuiden vertrokken was, en zes jaar geleden toen hij de Bask van Belchus gekocht had. Zijn ogen glansden parelmoerig als de emailplaatjes op de Limogesband en vertoonden een vreemde uitdrukking die ze nooit voordien hadden gehad.

Verdwaasd richtte de magister zich op en opeens herinnerde hij zich, dat hij gisteren op de terugreis geen bloeiende tuinen had gezien, hoewel het lente was. Was met de hartklop van de mensen ook de hartklop van de bomen veranderd? Waren de wortels van de eiken en perzikbomen in de aarde verdord en zwart geworden, nadat het water in de rivieren rood was geworden en nadat ook de hemellichamen een andere loop hadden genomen, zoals de astroloog van de Duitse keizer onlangs beweerde?

'Wat voer jij hier uit? Wat wil je?' bromde hij, de Bask achterdochtig opnemend.

Het gezicht van de Bask was bleker en smaller dan ooit en zijn oren bewogen als de kieuwen van een vis.

'Heer,' zei hij, 'ik vraag u nederig mij de vrijheid te willen geven. Zes jaar lang heb ik u trouw gediend, dit is een korte tijd voor de meester, maar een lange tijd voor de dienaar. Misschien hebt u ook gehoord, dat het hert met het gouden gewei weer in de Pyrenese wouden is opgedoken. Wanneer u me vrijlaat, zal ik het misschien kunnen vangen en een rijk en gelukkig man worden.'

De magister zat op de rand van de bank en knipperde slaapdronken met de ogen en luisterde verveeld toe.

'Je bent een rund, alleen niet zo nuchter,' zei hij. 'Niemand heeft het hert met het gouden gewei ooit gezien, zoals ook niemand ooit de eenhoorn heeft gezien. Hoe zou je een dier willen vangen dat nog niemand gezien heeft en dat misschien niet eens bestaat? Overigens, je vergeet dat ik indertijd twintig goudstukken voor je betaald heb, een krankzinnig hoge prijs voor zo'n sufferd, zo'n druiloor als jij. Wie zal me daarvoor vergoeden, als ik je vrijlaat?'

'Ik kan mezelf vrijkopen,' zei de Bask en haalde van onder zijn lijfrok een gesloten beurs te voorschijn.

De magister herkende meteen de linnen buidel, die hij de Bask gisteren gegeven had, en hij glimlachte spottend:

'Wil je mij de vingerkootjes van je moeder verkopen? Denk je dat die twintig goudstukken waard zijn?'

'Ik wil u niet de vingerkootjes van mijn moeder verkopen, heer,' dreunde de Bask met een uitgestreken gezicht. 'In de buidel zitten geen kootjes, maar vijfentwintig goudstukken. Dit is mijn losgeld.'

'Wat zeg je? Vijfentwintig goudstukken? Hoe kom jij aan vijfentwintig goudstukken?'

Langzaam kwam hij overeind en zag zijn bediende ongelovig aan. De zon bescheen alleen de onderste helft van zijn door de slaap gezwollen gezicht, zodat zijn kin met de rosse en op byssus lijkende baardstoppels als een bleke halvemaan onder zijn duistere verkreukelde mond stond. Vijfentwintig goudstukken, herhaalde hij met halfgesloten ogen, vreemd lachend, en toen hij uitgelachen was rukte hij de Bask de beurs uit de hand en maakte ze open.

'Waar heb je dat geld vandaan?' vroeg hij scherp.

Hij wierp de buidel achteloos op de tafel, streek met de rug van zijn hand langs zijn mond en kwam een stap dichterbij. De Bask zweeg en stond lummelig, met hoge rug en hangende schouders, voor zijn meester. Hij sloeg de ogen niet neer en de magister zag dat de emailplaatjes in de donkere pupillen nog steeds parelmoerig glansden.

'Wie heb jij bestolen?'

'Ik heb niemand bestolen, heer,' fluisterde de Bask.

'Je liegt!'

'Ik zweer, dat ik de waarheid zeg, heer. Ik heb niemand bestolen.'

De magister greep hem bij de schouder en duwde hem achteruit tegen de muur.

'Je bent een schurftige hond. Dacht je dat ik niet wist hoe jij aan het geld bent gekomen? Zal ik het je zeggen? Je hebt de vingerkootjes verkwanseld, ellendeling. Je hebt je moeder verkwanseld, je heilige moeder die door de Moren werd opgeknoopt, en je hebt haar nagedachtenis bezoedeld, jij smerig stinkend varken.'

Hij zag vlak voor zich de brede stompe neus, de ingezette lapjes olifantshuid onder de wijde schuwe ogen en de zwarte franje ponyhaar, evenwijdig geknipt met de rimpel in het voorhoofd. Het is lente, maar de bomen bloeien niet, dacht hij weer. De hartklop van de bomen, de meesters en de slaven is veranderd. De wegen zijn vastgesteld, zij hellen af naar de diepste plaatsen der aarde. De wereld is veranderd. Alleen de tijd blijft onverstoorbaar en met dezelfde waanzinnige regelmaat door de waterklokken wegstromen, uitmondend in de eeuwigheid, zoals de Orbe en de Hérault in de zee uitmonden, de krengen van de hoogsteltige waadvogels met zich voerend. Over een eeuw, over twee eeuwen zal de Middellandse Zee één reusachtige bloedplas zijn geworden en zal de Paus, die de leenmannen van Raimond van Toulouse van hun feodale verplichtingen ontbond en hen tot de strijd opriep, als een gebalsemd heilig fossiel in de duistere crypt der eeuwigheid worden bijgezet.

Hij was woedend, niet alleen op zijn huisslaaf die de vingerkootjes van de linkerhand van zijn heilige moeder had verkwanseld, maar ook op de Paus, op Arnold van Citeaux en Simon van Montfort, die hem aflaten hadden beloofd en in

54

de plaats daarvan zijn bloed hadden vergiftigd, die een ontembaar wild dier van hem hadden gemaakt.

'Aan wie heb je ze verkocht?' vroeg hij dreigend, opdringend.

De Bask draaide bang het hoofd opzij en kromp ineen.

'Aan dom Trassy, de abt van het Benedictijnen-klooster,' bekende hij.

Onwillekeurig liet de magister hem los. Hij liep van de muur weg, langs de boekenrekken, langs de leren en perkamenten ruggen, de Theophilus- en Tutilo- en Limoges-banden, de banden met zilveren beslag, met ivoren en emaille versieringen. Nadat hij enige tijd zwijgend heen en weer had gelopen, tussen de opgezette pluvier en de opgezette schimmen van Johannes Damascenus en Boëthius, barstte hij plots in luid hoongelach uit.

'Aan Trassy, die beroerde reliekenzwendelaar, die Simonist!' bulderde hij. 'Goeie genade, hij is nog een grotere stomkop dan jij: vijfentwintig goudstukken voor de kootbeentjes van een schaap, voor een buidel met bikkels!'

De Bask stond tegen de muur geleund, naast de klepsydra, en scheen naar het gemurmel van het water in het marmeren bekken te luisteren. Maar zijn ogen volgden de magister, die nog steeds op en neer liep, luid en brutaal lachend, en zijn ogen waren niet zonder haat en zonder droefheid en ze waren niet onbeweeglijk als de ogen van een schildpad, zoals ze gisteren geweest waren en eergisteren, en vóór twintig maanden, toen de magister naar het Zuiden vertrok om deel te nemen aan de kruistocht tegen de ketters.

Het kasteel van Weewee

'De broodkorfjes komen nog steeds niet uit, het is slecht zaad,' zei Hella.
Weewee keek dromerig naar de bloembedden in het voortuintje.
'Broodkorfjes,' zei hij. 'Wat een gekke naam. Ik heb er nooit van gehoord. Zijn het mooie bloemen?'
'Verrukkelijk,' zei ze. 'Blauw met gele hartjes.'
Hij knikte.
'Zodra ze uitkomen, kom ik er naar kijken. Misschien schrijf ik er wel een gedicht over.'
Ze keek naar zijn baard, zijn mooie zwarte zeeroversbaard, en ze was heel trots omdat hij er over dacht een gedicht te schrijven over haar broodkorfjes. Ze had nog nooit een gedicht van hem gelezen, maar mijnheer Lipper en de gemeentesecretaris, die het konden weten, hadden tegen Bill gezegd dat hij een gevierd dichter was, of dat hij althans een gevierd dichter zou wórden. Dat was ongeveer hetzelfde, het was alleen een kwestie van tijd. Elke week verscheen er in 'De

Rinkelbom' een gedicht van hem, dat slechts ondertekend was met de initialen W.W. Niemand in het dorp, behalve natuurlijk de gemeentesecretaris die er de bevolkingsregisters op kon naslaan, wist precies hoe hij heette en iedereen sprak tegen iedereen over Weewee of over De Dichter zonder meer. De mannen praatten meestal slechts met minachting over hem en zeiden De Rijmelaar of De Baard, want ze hadden maar weinig met hem op, omdat hij iedere voormiddag tussen tien en twaalf met zijn zwarte zeeroversbaard en zijn geribde fluwelen broek als een kalkoense haan door het dorp paradeerde en hun vrouwen het hoofd gek praatte terwijl zij zelf uit werken waren en omdat zij niet wisten waarover hij met hun vrouwen praatte, die toch niets af wisten van poëterij en al dergelijke onzin.

Ook Bill had niet graag dat zij met De Rijmelaar praatte. Poëten zijn een onbetrouwbaar slag van mensen, zei hij vaak, en Weewee noemde hij een gepralineerde ui. Ze vond die uitdrukking wel grappig, al wist ze niet precies wat hij daarmee bedoelde. Maar ze kon het toch niet helpen, dat de gepralineerde ui haar aansprak en belangstelling toonde voor haar bloembedden en gekheid met haar maakte. Of was het geen gekheid als hij zei dat haar ogen de kleur hadden van de viooltjes in de zijperken van haar voortuintje?

Weewee leunde over het hek en keek nog steeds naar de pas gewiede en besproeide zaaiperken met broodkorfjes en toen zei hij, terwijl hij zijn voet tussen de latten van het hek stak:
'Ik hoop dat ze uitkomen vóór het einde van de maand, want dan ga ik weg.'
'Gaat u uit het dorp weg?' vroeg ze teleurgesteld.
'Ja,' zei hij.
'Voorgoed?'
'Voorgoed,' zei hij. 'Ik heb een kasteel gekocht in Halewijn.'
Om haar teleurstelling te verbergen, en ook om wat dichter bij hem te komen, ging ze het schoffeltje oprapen dat bij het hek lag. Hij gaat weg, dacht ze, hij gaat voorgoed weg, ik zal hem nooit weerzien. Ze stond nu vlak bij hem, aan deze kant van het hek, zo dicht zelfs dat ze hem kon ruiken: hij rook zoals de kamelen in de zoo. Daar had Bill haar niets van gezegd, dat poëten roken (hij zou natuurlijk zeggen: stonken) zoals kamelen. Ze had altijd gedacht, dat dichters een fijne geur om zich heen hadden, zoals verse, hete vanillepudding die op de vensterbank staat af te koelen. Maar haar teleurstelling over die geur was niet zo groot als haar teleurstelling over zijn aanstaand vertrek.
'Een kasteel,' zei ze ongelovig. 'U houdt me voor het lapje.'

'Denkt u maar gauw wat anders,' zei hij.' Het is heus waar: ik heb een kasteel gekocht in Halewijn.'

'Ik wist niet dat men met gedichten een kasteel kon bijeenschrijven.'

Hij lachte overmoedig en stak zijn voet nog wat verder door de latten, zodat een gedeelte van zijn geribde fluwelen broek zichtbaar werd. Het was alsof hij ongemerkt en bij beetjes tussen de latten door in de tuin probeerde te komen.

'Is het een groot kasteel?' vroeg ze.

'Vier vleugels met dertien kamers elk,' zei hij. 'En er is ook een groot park omheen, met twee vijvers en twee prieeltjes, en een pergola.'

Ze rekende vlug: vier vleugels met dertien kamers elk, dat waren tweeënvijftig kamers in totaal. Het duizelde haar. Ze begreep niet waarom hij geen vrolijker gezicht zette, als hij kon gaan wonen in een kasteel met tweeënvijftig kamers en een groot park er omheen. In zo'n park, met prima bladgrond, zouden haar broodkorfjes wel vlugger uitkomen.

Weer keek ze naar zijn baard, zijn zwarte zeeroversbaard, die er van dichtbij zo zacht en wollig uit zag als lanugo, als het haar van een pas geboren kind, zo zacht zelfs dat ze de lust voelde opkomen om die zwarte wol te strelen en ze met haar vingers uit te kammen. Maar ze deed het

niet omdat ze dacht dat hij dit misschien niet
graag zou hebben, want hij was wel heel vlot en
ongedwongen met haar, maar dat betekende nog
niet dat hij het goed zou vinden als ze met haar
vingers zijn baard uitkamde.

'Gaat u daar alleen wonen?' vroeg ze.

'Helemaal alleen,' zei hij.

'Wat naar,' zei ze, 'zo helemaal alleen in een
groot kasteel.'

Ze zweeg en hij zweeg eveneens en zij dacht:
zijn leven is een gedicht op zichzelf, hij gaat als
een kluizenaar in een groot kasteel wonen, waar
's nachts uilen rondspoken en oehoe roepen en
waar de honderdenvier vensterluiken van de
tweeënvijftig kamers de hele nacht vreselijk
klepperen als de herfstwind om de torens huilt.
Toen stak Weewee zijn voet zo ver tussen de
latten, dat zijn knie haar knie aanraakte.

'Wilt u soms met me meegaan?' vroeg hij.

Ze keek naar de glimlach in zijn lanugobaard en
zijn mond deed haar denken aan een gekonfijte
abrikoos. 'U houdt me voor het lapje,' zei ze
weer. 'Hoe kan dat nu? Hoe zou ik met u mee
kunnen gaan?'

'U pakt 's morgens uw kleren in een koffer en ik
kom u ophalen met mijn wagen en 's avonds zijn
we in Halewijn, zo simpel is dat,' zei hij. 'Méér
hoeft u niet te doen.'

'En Bill?'

'Wie is Bill?'

'Mijn man,' zei Hella.

Ze trok haar knie niet terug, want ze vond het prettig zijn geribde broek tegen haar been te voelen. Het was de eerste maal dat ze de knie van een dichter voelde, van een gevierd dichter nog wel als je mijnheer Lipper en de gemeentesecretaris mocht geloven, en die aanraking stelde haar lang niet zo erg teleur als de kamelegeur.

'Aan uw man heb ik eerlijk gezegd niet gedacht,' zei de gevierde dichter. 'U houdt zeker veel van hem?'

'Hij is altijd heel aardig voor me en ik geloof dat hij het niet leuk zou vinden als ik met u meeging,' antwoordde ze.

'Dat kan ik me voorstellen,' zei hij. 'U gaat dus niet met me mee?'

Hoe prettig, dacht ze, dat hij het weer eens vraagt. Het was allemaal zo prettig, de zeeroversbaard, de kamelegeur, de abrikozemond, de knie tegen haar knie en de dingen die hij zei, zijn belangstelling voor haar broodkorfjes en voor haar gevoelens voor Bill. Het verwonderde haar dat het niet rijmde, wat hij zei. Hij zou bijvoorbeeld kunnen zeggen: heehee, u gaat dus niet mee met Weewee?

Ze keek omhoog naar de lucht boven het dak van

het huis, naar de schommelende rode vlieger die werd opgelaten door kinderen die ze hoorde joelen in de wei achter het huis. Vliegertje, vliegertje, zuchtte ze, wat zou jij doen in mijn plaats? Ze zou wel eens in een echt kasteel willen wonen.

Iedere morgen zou ze om vijf uur opstaan om in het park te gaan wandelen, tussen de rozen en rododendrons, en om aan de rand van de vijvers naar de goudvissen te zitten kijken.

'Zitten er uilen in het park?' vroeg ze.

'Neen, alleen nachtegalen,' zei hij. 'Hebt u al eens een nachtegaal horen zingen?'

Ze bekende dat ze dat nog nooit gehoord had.

'O, dat is zo wonderlijk,' zei hij. 'Het is alsof je onder een regenboog doorgaat.'

'Onder een regenboog, 's nachts? Dat is toch niet mogelijk,' deed ze verbaasd. 'Ik dacht dat nachtegalen alleen 's nachts zongen?'

'Nou ja, dat is een dichterlijke vrijheid,' zei hij. Ze knikte. Het voornaamste was dat er geen uilen zaten in het park. De vlieger steeg steeds hoger boven het dak uit en Weewee, die de vlieger nu ook in het oog had, zei na een korte pauze:

'Als u meegaat, vertrekken we morgen al.'

Ze deed alsof ze diep nadacht, maar dat was niet eens nodig, want ze wist al welk haar antwoord zou zijn. Haar hart was een van de papieren strikjes aan de staart van de vlieger en ze voelde zich langzaam hoger in de lucht worden opgetrokken, boven de wereld, onder de regenbogen door als onder kleurige, feestelijke triomfbogen. 'Het is goed,' fluisterde ze. 'Morgen. Hoe laat?' 'Om negen uur,' zei hij en trok zijn knie terug. 'Zie dat je klaar bent.'

Hij lachte haar toe en zij lachte terug en knutselde voor zichzelf een rijmpje: hee, ik ga dus tóch mee met Weewee. Ik heb een vriend met een zeeroversbaard die me meeneemt naar zijn kasteel, ging het vervolgens door haar hoofd, maar het klonk niet zo mooi als het eerste zinnetje en het speet haar dat ze ook die gedachte niet op rijm kon zetten. En Bill... Het was niet zo gemakkelijk ook een rijm op Bill te vinden. Om het even, over hem maakte ze zich weinig zorgen: na een week of wat zou ze hem naar Halewijn laten overkomen. Hij zou het niet minder fijn vinden in een echt kasteel te wonen en na een tijdje zou hij bovendien zelf wel inzien, dat niet àlle poëten onbetrouwbaar waren, dat Weewee een uitzondering op de regel was.

De wagen, waarmee Weewee haar de volgende dag om negen uur afhaalde, was een oude rammelende en stinkende tuffer. Toen ze in de achteruitkijkspiegel loerde, zag ze de huizen en de bomen langs de weg achter een blauwe mist verdwijnen. Maar dat deerde haar niet, want ze vond dat zo'n gammel vehikel heel wat avontuurlijker was en heel wat beter bij een dichter paste dan een gloednieuwe, glanzende slee.

'Jij heet Hella, is het niet?' vroeg Weewee, terwijl ze langs de zuivelfabriek het dorp uitreden.

'Ja,' zei ze, gevleid omdat hij dit dus ook al wist.

'Ik heet Willem,' zei hij.

Dat klopt, dacht ze: Willem W.

'Willem van Halewijn,' zei hij.

Verwonderd zag ze hem aan, want dat klopte al niet meer.

'Waarom onderteken jij je gedichten in De Rinkelbom dan met Weewee, als je naam Willem van Halewijn is?'

'Het was maar een grapje,' glimlachte hij. 'Willem Waffel, heer van Halewijn.'

'O,' zei ze gerustgesteld.

Ze nam zich echter voor hem Weewee te blijven noemen, want Willem Waffel vond ze een ietwat gekke naam, helemaal niet poëtisch.

'Hoe weet jij dat mijn gedichten in De Rinkelbom verschijnen?' vroeg hij.

'Door mijnheer Lipper en door de gemeentesecretaris,' zei ze. 'Iedereen weet dat overigens.'

'Ah,' zei hij en duwde op zijn toeter om de hooiwagen te doen uitwijken die het midden van de weg hield. De toeter maakte een schor blatend geluid, net als een kameel, en toen ze dat hoorde dacht ze: dat klopt toch ook weer.

'Is het ver naar Halewijn?' vroeg ze even later.

'Een flink eindje,' antwoordde hij.

Ze vroeg zich af wat hij onder een flink eindje verstond, maar ze drong niet op nadere uitleg aan, waarschijnlijk omdat haar gedachten zich op dat ogenblik begonnen bezig te houden met het woord Halewijn, dat haar bekend voorkwam, niet als de naam van een plaats, doch als een naam uit een gedicht. Een gedicht dat ze eens op school had geleerd, een ballade meende ze zich te herinneren. Ze brak zich daarover lange tijd het hoofd en stond op het punt hem te vragen hoe dat eigenlijk zat met die naam, toen ze plots bedacht dat hij misschien liever niet praatte over gedichten die hij niet zelf geschreven had.

Rond het middaguur stapten ze uit en aten in een landelijk hotelletje lamsbout met gestoofde pruimen en daarna reden ze weer verder. Wee-wee praatte nu niet zo veel meer met haar en naarmate ze verder van huis weggingen, groeide haar onrust. Ze zat zich af te vragen hoe Bill het zou opnemen, als hij vanavond thuiskwam en haar nergens vond. Ze had niet eens een katte-belletje achtergelaten, hoe dom eigenlijk toch

66

van haar, niets om hem gerust te stellen of om hem te doen begrijpen. Maar wat was er te doen begrijpen? Kon ze hem schrijven: ik ga onder de regenbogen door om de nachtegalen te horen zingen? Zou hij niet met zijn hoofd op de tafel gaan liggen en stilletjes schreien achter zijn brilleglazen zonder montuur, zoals toen, die keer dat ze hem gezegd had dat ze het nooit gewoon zou worden bij hem? Zou hij geen vreselijke pijn in zijn borst hebben, tussen zijn kartonnen tepels, zodra hij van de buren hoorde dat zij met de gepralineerde ui was weggereden?

Ze beet op haar onderlip en keek verstrooid naar buiten, naar de opgezette korenschoven die tussen de geteerde vorken van de telegraafpalen wegdraaiden.

Ze kwamen in een feestelijk bevlagd dorp, een druk gonzend nest, waar koeien en ossen met versierde horens en kleurige lintjes in de staarten als in een processie om de kerk stapten.

'Zijn we in Halewijn?' vroeg ze.

'Nog lang niet,' zei hij, vriendelijk geduldig, als tegen een ongeduldig klein meisje.

Pruilend keek ze hem van opzij aan. Na een poosje vroeg ze of ze met haar vingers zijn baard mocht uitkammen, want daar zat ze al zo lang op te wachten.

'Om de liefde Gods nee,' schrok hij. 'Je zult hem aftrekken, het is een valse baard.'

Ze lachte. Het was natuurlijk een grapje. Plagend trok ze aan zijn kruivend kingewas en hij schreeuwde het uit van de pijn. Maar spoedig lachte hij er zelf ook om en het was nu weer prettig naast hem in die hobbelende, stinkende tuffer te zitten en over de heuveltoppen door de hemel te rijden, door de blinkende plassen licht die boven de stomende motorkap trillend bewogen. Het was zoveel prettiger dan sokken te stoppen, vuile onderbroeken te wassen en kachelplaten te poetsen in een kamer waar de hemel nooit helemaal binnenkwam, waar het warme zonlicht nooit verder kwam dan de poot van de keukenkast.

De dennenbossen kwamen in het gezicht en Weewee zei:

'We zijn er haast. Hier moeten we linksaf.'

Ze reden een lommerige laan in. Er kwam maar geen einde aan de laan en onder het lage, aaneengesloten bladergewelf van de bomen tufte de auto opeens veel harder, alsof er minstens nog vijf andere auto's achter hen aankwamen.

Weewee stopte.

'Ik geloof dat ik te vroeg ben afgeslagen,' zei hij. Hij keerde de wagen op het eerstvolgende kruispunt en reed terug de laan uit. Hella zei niets. Ze dacht aan Bill en aan de broodkorfjes, en al het andere — de kamelegeur en de dennenbos-

sen en het kasteel en de nachtegalen — scheen
haar plots een onwerkelijke droom toe die over
weinige ogenblikken onder een gekreukt laken
zou eindigen.

Ze bleven in de dennenbossen rondhotsen, over
smalle hobbelige wegen, in een groene scheme-
ring die haar bang maakte.

'Dat is toch gek,' mompelde Weewee.

'Wat is gek?' vroeg zij.

'Dat ik het niet kan terugvinden,' zei hij.

Hij zag er bezorgd uit. Zijn abrikozemond werd
dunner, als een rode slak die ineenkromp en zich
achter zijn zwart wollig baardhaar verschool,
een tuinslak waarop zout was gestrooid. Hij
zwenkte van de weg af en sloeg een andere weg
in. Weer reden ze door dorpjes, het ene na het
andere kwam aan de beurt, terwijl de zon, als
een andere grote slak, rode slijmdraden over de
beboste heuvelkam spon.

'Ik geloof dat het ginder is, achter dat bos,' zei
Weewee.

'We zullen even uitstappen en gaan kijken.'

Ze lieten de auto op de weg achter en drongen
te voet het dichte bos in. Hella drukte zich bang
tegen hem aan.

'Zitten hier geen slangen?' vroeg ze.

'Toe nou, wees niet flauw,' zei hij.

Ze kwamen bij een grote open plek en Weewee

stond stil bij een bordje met het opschrift *Verboden te jagen*. De muggen zoemden onder de bomen en Weewee leunde op het bordje, zoals hij gisteren op Hella's hek had geleund, en hij keek zwijgend, dromerig naar de open plek met dezelfde ogen waarmee hij naar de zaaiperken in Hella's voortuintje had gekeken. Het gezoem verhief zich in de stilte en Hella luisterde ernaar en keek naar de verdroogde konijnekeutels die voor haar voeten in het spichtige gras lagen en op de vilten knoopjes leken die aan haar redingote stonden. De tranen sprongen haar in de ogen.

'Willem Waffel van Halewijn, je hebt mij belogen,' fluisterde ze.

'Het is gek,' zei hij weer. 'Als ik een gedicht schrijf en ik kan er plots niet mee voort, dan laat ik het een tijdje liggen en later komt het vanzelf in orde. Maar dit is iets anders, dit is geen gedicht. Ik kan het me toch niet verbeeld hebben?'

'Je bent een duivel,' zei ze en opeens verlangde ze heel erg naar Bill en naar de stille, veilige huiskamer waar de hemel nooit helemaal binnenkwam.

'Hella,' zei hij.

'Je hebt me ontvoerd, je bent een duivel, een schurk,' zei ze.

Bill, die altijd zo aardig en zo voorkomend voor

haar was en die het niet leuk zou vinden dat ze met de gepralineerde ui was weggelopen... Ze zag zijn grote, verwonderde en geduldige ogen achter de dikke brilleglazen, de ogen van een schoorsteenheilige onder een glazen stolp.

Weewee kwam met een verslagen gezicht naar haar toe.

'Ik dacht ècht dat het bestond,' zei hij. 'Denk je dat je zo iets zou kunnen dromen?'

Hij probeerde zijn knie tegen haar knie te duwen, zoals gisteren, door de latten van het hek, maar ze wendde zich af en liet zich in het gras op de vilten knopen vallen.

'Je hebt me belogen,' huilde ze. 'Je hebt geen kasteel. Je bent een bedrieger. En nu durf ik niet meer naar huis te gaan...'

Hij ging naast haar zitten, streelde haar zacht over het haar en probeerde haar te troosten, zoals men een meisje troost dat verdwaald is in een groot bos.

'Je hoeft niet terug naar huis te gaan,' zei hij. 'Ik zal je liefhebben totdat je doodgaat. En ik zal mooie gedichten schrijven over jou en mij.'

'Je bent een duivel,' snikte ze.

'Neen, een dichter,' zei hij.

De muggen zoemden onder de bomen en de zon gloeide tussen de dennestammen achter de open plek als een verlicht kasteel in de groene avondschemering.

De sneeuwbui

Op een morgen in mei begon het plots te sneeuwen. Niet zo maar een paar onschuldige vlinderende vlokjes, maar een flinke bui waar men nauwelijks doorheen kon zien. Er was geen wind en de sneeuw viel loodrecht neer en bleef liggen, als pas gespoten brandschuim.
De mensen dachten dat ze droomden: het was wel heel ongewoon, zo'n pak sneeuw in mei. Onder de gepensioneerden, die op de banken in het gemeentepark zaten, waren er enkelen die dit niet zo héél ongewoon vonden. Ze herinnerden zich een Pinksterweek kort vóór de tweede wereldoorlog, toen het hopen had gesneeuwd. Hóópen, zeiden ze, en ze schoven hun kruk of wandelstok tussen de knieën om met beide handen te kunnen aangeven hoe hoog die hopen wel waren geweest. De anderen, die niet zo'n goed geheugen hadden en het dus wèl ongewoon vonden, keken met hun uitgebluste ouwemannenoogjes zwijgend naar de dikke wattige snippers die over de kastanjebomen neerkwamen en op de gazons

73

bleven liggen. Het was raar om te zien, het leek wel gezichtsbedrog: als je onafgebroken bleef kijken kreeg je de indruk dat de kastanjebloesem afsneeuwde. 'Het merkwaardige is,' zei de broederschap, 'dat het helemaal niet koud is.' Ze hadden inderdaad slechts een licht zomerjasje aan en toch voelden ze geen kou. 'Een opmerkelijk natuurverschijnsel,' zeiden ze — en daar hadden ze dus wat om over te praten.

Die dag kwamen ook de meeste kinderen te laat op school, maar de onderwijzers waren niet boos. Ze zeiden er niets van, want zij vonden het op hun beurt ongewoon, zo'n sneeuwpartij in het volle voorjaar. Ze konden het wel hebben, het was een uitzonderlijke gebeurtenis en misschien ontstond op dat ogenblik in hun hoofden vol schoolse wijsheid al een nieuwe berijmde weerspreuk: *sneeuw in mei, dat kan er nog maar bij, en 't maakt de kinderen blij.* De onderwijzers zelf maakte de sneeuw niet blij. Hun gezichten stonden ernstig, ze leken eerder bezorgd; waarschijnlijk omdat de sneeuw niet op hun program stond. Onderwijzers kunnen nu eenmaal niet buiten hun program, ze worden er beroerd van als het met hun lesrooster in het honderd loopt. En dat was hier toch wel het geval, want om te beginnen hadden de vele telaatkomers er schuld aan dat het eerste lesuur moest wegvallen, en toen moest ook de filmvoorstelling in de gymnastiekzaal, die voorzien was in de voormiddag, worden afgelast. Men kon moeilijk op zo'n dag een documentaire film projecteren over het ontwakende leven in de natuur. Neen, dat ging niet. Terwijl hun oren nog nagloeiden van de sneeuwpret konden de kinderen onmogelijk zitten kijken naar het botten van de bomen, het broeden van de vogels en naar rupsen die zich tot vlinders ontpopten. Er werd besloten de voorstelling te vervangen door een uur vrij tekenen, van tien tot elf. Daar hadden de kinderen ook wat aan, en was het misschien niet honderd procent pedagogisch verantwoord, er kwamen tenminste verrassende dingen te voorschijn uit de kleurpotloden: sneeuwpoppen in een bloeiende rozentuin en sleetochtjes in een landschap met zwaluwen en groene dreven.

Even na elf uur bezocht de directeur persoonlijk de verschillende klassen en zei tegen de onderwijzers: 'We moeten de kinderen naar huis sturen.' Ook hèm maakte de sneeuw niet blij; hij zag er al even gedrukt uit als de onderwijzers. Blijkbaar had hij een variant op de nieuwe weerspreuk in zijn hoofd: *als het sneeuwt in mei, geven de scholen vrij*. Daarom zette hij natuurlijk zo'n somber gezicht: schooldirecteurs geven niet graag vrijaf, want een school zonder kinderen is als een vijver zonder goudvissen, erger nog: als een vijver zonder water. De kinderen werden dus naar huis gestuurd. Toen ze de school uitkwamen was het pas opgehouden met sneeuwen. Maar de lucht, grauw en vochtig als een vers beraapte muur, was nog steeds betrokken.

Bikkel was met enkele jongens van zijn klas in een voortuintje blijven spelen. Daar lag een machtige voorraad sneeuw voor het grijpen, fijn wit en onbetreden. Ze hadden enorm veel plezier gehad, de sneeuw was klef en makkelijk kneedbaar en van een geregeld gevecht kwam het al gauw tot uitbundigheden. Toen de mêlée haar hoogtepunt bereikte, werden ze door een grimmige bleekscheet uit het tuintje verjaagd. 'Wil jullie wel eens elders gaan spelen, je trapt al mijn primula's kapot,' riep de ouwe sok hun van uit de portiek toe. De jongens wisten natuurlijk niet wat primula's waren, maar ze begrepen wel dat hij de besuikerde plantjes in de platgelopen borders bedoelde. Omdat ze toen nog niet direct aanstalten maakten om weg te gaan en Govert Geel zelfs zijn tong uitstak naar de spelbreker, pakte deze de boekentassen op die voor de portiek lagen en gooide ze over het hek heen de straat op. Toen moesten ze wel aftrekken.

'Het is vast al na twaalven, er zal wat waaien als ik thuiskom,' zei Bikkel en zette het op een holletje. Hij woonde het verst van hen allemaal, tegenover de amarilfabriek, in de buitenwijk. Zijn vader werkte in de amarilfabriek en wipte om twaalf uur, tijdens de schaft, naar huis over. Als Bikkel niet op tijd aan de middagtafel verscheen, zou hij er duchtig van langs krijgen, vooral als ze er achter kwamen dat de school een uur vroeger was uitgegaan. Voor zijn moeder was hij niet zo bevreesd, die liet zich gemakkelijk genoeg om de vinger winden, maar voor zijn vader was hij als de dood. Die was heel opvliegend. Alles aan zijn vader was grof: zijn gezicht, zijn handen, zijn stem, zijn taal. Grof als het schuurpapier dat hij in de fabriek hielp maken. Na een poosje ging Bikkel al langzamer lopen. Het gaf nu toch niets meer, hij was in ieder geval te laat. Bovendien voelde hij zich opeens vreselijk moe, alsof hij niet een uur, maar een hele voormiddag in de sneeuw had gespeeld. Hij liep voorbij de frituur waar zijn vader eens ruzie had gemaakt met een snorkige buschauffeur. Wat verder was de winkel waar ze vorig jaar zijn fiets hadden gekocht; de fietsenman was inmiddels aan kanker gestorven. Op de stoep voor de winkel lag een dode mus in de sneeuw. Hij bleef stilstaan en draaide het krengetje met zijn schoentip om, boog er zich wat lager overheen om het aandachtig te bekijken. De vogel was stijfdood. Bevroren, dacht hij eerst — maar neen, dat kon niet, zo koud was het eigenlijk niet. Met zijn voet duwde hij hem onder de sneeuw, zodat alleen zijn pootjes er nog boven uitstaken, als twee vruchtesteeltjes. Daarna sjokte hij voort, de Schansstraat in. De sneeuw kraakte onder zijn voeten, het was net of hij over de planken vloer van het vlieringkamertje liep, waar de grijs bestoven ledepoppen en de uitgediende trapnaaimachine van zijn moeder stonden. Die planken maakten ook zo'n geluid.

Zijn gezicht en zijn handen gloeiden. Het was een vreemd gloeien, niet de bekende tinteling en het scherpe prikkende gevoel waar je zo'n last van kon hebben als je van de kou in de warmte kwam, als je met je blote handen in de sneeuw had gemodderd. Neen, het was helemaal anders, als het begin van een ziekte, alsof hij koorts had: een zware verhitting die je niet zozeer in je huid dan wel in je ingewanden voelde, tot in de keel toe. Bijna alsof je lichaam een kuip was waarin je bloed zacht stond te stoven. Ook had hij pijn in zijn nek, alsof hij daar een stomp had gekregen. Op het marktplein lagen hier en daar kleine donkere pakjes in de sneeuw, als weggeworpen afval. Hij liep er langs, schuin het plein over, en toen zag hij dat de pakjes vogels waren, allemaal dode vogels. Verrast bleef hij staan en keek om zich heen. Dat is gek, dacht hij, zoveel dode vogels. Dat had hij nog nooit gezien. Zou het door de sneeuw komen? vroeg hij zich af. Een van de diertjes leefde nog: een zwarte vogel met een rose bek die aan de voet van het standbeeld-je lag, in het midden van het plein. Hij lag op zijn zij en zijn bek ging open en dicht, alsof hij wilde schreien en niet kon. Bikkel werd door medelijden bewogen. Hij ging er op zijn hurken bij zitten en keek nieuwsgierig toe. Het was zie-lig om te zien. Hij praatte tegen de vogel. 'Heb je honger? Heb je dorst?' zei hij. 'Zal ik je mee-nemen, in mijn boekentas?' Met zijn vinger be-roerde hij voorzichtig het openstaande bekje: 'Toe, zeg eens wat.' Hij aaide, steeds met dezelf-de vinger, het donzige vachtje: 'Ben je ziek? Heb je pijn? Ik heb ook pijn, in mijn nek, maar daar ga je niet dood van.' De vogel verroerde zich niet meer, zijn oogjes waren dicht en het bekje bleef openstaan. Hij was dood.

Er kwamen twee mannen over het plein aanstap-pen, maar die keken niet naar de vogels. Zij sche-nen erg gehaast en waren druk met elkaar in gesprek. Bikkel, die nog steeds gehurkt bij de zwarte vogel zat, ving het geheimzinnige woord op dat telkens weer in de gesprekken van de vol-wassenen opdook en geladen was met een af-schuwelijke inhoud. Een alarmwoord, een woord

als een rood licht; in de mond van de volwassenen had het dezelfde betekenis als gevaar, ziekte,
dood, vernietiging. Het was een samengesteld
woord, waarvan de twee delen apart werden gebruikt in de onschuldigste betekenissen, zonder
dat daarbij werd gedacht aan gevaar, ziekte,
dood of vernietiging. Maar als je de twee delen
samenvoegde en in één adem uitsprak, dan had
je een heel ander woord, dat vreselijke onheil-
spellende woord dat voortdurend in de kranten,
in de radio — hé kijk, in de radio —, in de teevee en in de gesprekken van de volwassenen te-
rugkeerde. De volwassenen gebruikten een mas-
sa van zulke woorden om er dingen mee aan te
duiden die je op school nooit hoorde noemen:
dingen die het leven en het geluk van de mensen
op aarde bedreigden. Op school werden alleen
maar opbouwende, stichtelijke, leerzame en nut-
tige woorden gebruikt: ontwakend leven in de
natuur, Heilige Drievuldigheid, tafels van ver-
menigvuldiging, onze ouders eren en gehoorza-
men. Ook nooit samengestelde woorden, altijd
enkelvoudige en bij voorkeur eenlettergrepige
woorden: vis, vuur, zak, boot, paard, fooi, feest,
zee... Woorden voor dingen die je kon zien,
horen, ruiken of aanraken. Nooit woorden voor
dingen die tussen hemel en aarde in hingen, die
je je op geen enkele manier kon voorstellen —

dat waren de woorden die zijn vader en zijn moeder zo dikwijls gebruikten, vage en dubbelzinnige en doorschijnende aanduidingen als: schande, opslag, afdanken, krediet, bijzit, kanker, transfusie en het beruchte rodelicht-woord. Terwijl hij aan dit alles dacht, zette Bikkel zijn weg voort. De pijn in zijn nek straalde over de schouders uit, veroorzaakte kramp in zijn ruggegraat. Hij voelde zich niet lekker en was liefst gaan neerzitten op een drempel, maar hij was bang dat zijn vader hem dan misschien zou doodslaan.

Op de Hoge Dam ontmoette hij een huilende vrouw. Haar rood opgezet gezicht stond vol grote brandblaren en zij liep hem met veel misbaar voorbij, de handen aan het hoofd. Hij draaide zich om en staarde haar met open mond na. Hij was blijkbaar de enige die zich over dit schouwspel verwonderde; de overige mensen in de straat schonken haar niet de minste aandacht, het leek haast of ze blind en doof waren, of ze niets zagen en hoorden van wat er om hen heen gebeurde. Er is vast iets aan de hand, dacht Bikkel, de mensen doen zo vreemd: overal liggen dode vogels, maar dat vinden ze heel gewoon of ze zien het niet, en een huilende vrouw met brandblaren in haar gezicht vinden ze ook al niet interessant genoeg om naar te kijken.

Maar dadelijk daarop ontdekte hij waarom de voorbijgangers niet op de huilende vrouw letten. Ze hadden iets anders om naar te kijken, iets belangrijkers. De vrouw met de brandwonden was iemand met wie ze niets te maken hadden, die was een persoonlijk geval, maar wat daarboven in de lucht gebeurde ging zeer waarschijnlijk hen allen aan. Op zijn beurt keek Bikkel omhoog, naar het vliegtuig dat laag over de huizen kwam aangevlogen en een wolk van wit poeder achterliet. Het poeder hing korte tijd als een mistbank in de lucht en zeeg toen langzaam over de straten neer. Het vliegtuig zwenkte af en verdween uit het gezicht. Bikkel herinnerde zich dat hij iets dergelijks onlangs ook op de teevee had gezien, in het filmjournaal: helikopters die werden ingezet bij de bestrijding van een bosbrand. Dat gebeurde op precies dezelfde manier, door besproeiing van uit de lucht. Nou, met bosbranden behoefde men hier geen rekening te houden. Als er geen bossen waren, kon je ook geen bosbranden hebben. Zouden ze misschien van uit dat vliegtuig die sneeuw hebben gemaakt? Ze konden tegenwoordig alles maken wat ze wilden, kunstmatig, tot zelfs nieuwe gezichten. Oom Karel bijvoorbeeld, die had een nieuw gezicht gekregen, compleet met snor en gebit. Van het oude, van het afval, had men kunstmest gemaakt.

Alles was kunst: kunstgezicht, kunstmest, kunst-
gebit (alles, behalve de kunst zelf, zei oom Karel). Maar met die sneeuw was het toch niet helemaal in orde. Waarvoor deden ze dat? Wat
hadden ze er aan, sneeuw te maken in het voorjaar? Niet voor de kinderen, nee hoor, dat moet
je maar niet geloven: speciaal voor de kinderen
vonden ze niets nieuws uit, daar hielden ze zich
niet mee bezig.

De mensen liepen weer door en hij volgde hun
voorbeeld. Zijn boekentas begon ontzettend
zwaar te wegen, zo zwaar als de hel. Dat was
een uitdrukking van Govert Geel: 'als de hel'.
Alles bij Govert was als de hel: zo zwaar als de
hel, zo smerig als de hel, zo koud als de hel.

God, wat had hij een pijn in zijn nek. En zijn
benen, daar had hij ook al zo'n raar gevoel in,
alsof ze hem niet meer wilden dragen. Zijn benen
waren slap als de hel. Hij begreep dat er op de
een of andere manier een verband moest bestaan
tussen de pijn en de gloed in zijn lichaam, de
dode vogels, de huilende vrouw en het sproei-
vliegtuig — maar hij kon niet gissen wat het was.
Zou de vrouw met het blarengezicht misschien
toch uit een bosbrand zijn weggelopen? Hij was
te moe om er verder over na te denken.

Over de huizen heen kwam een luide, schallende
stem op hem af. Daar waren ze dus weer met hun

reclamewagen; de stem kwam uit een luidspre-
ker. Af en toe zonden ze er ook muziek door uit,
tenminste vorige week nog. Hij stond stil om te
luisteren, maar het was te veraf om te kunnen
verstaan wat er gezegd werd. Heel even bleef
het rode-licht-woord in zijn oren hangen. Dat
verbeeldde hij zich natuurlijk maar. Dáárvoor
maakte men geen reclame, stel je voor. Men
maakte alleen maar reclame voor mooie, lekkere
en geriefelijke dingen. Van de andere kant van
de straat naderde een colonne legerwagens. Ze
hadden rode kruisen op de cabines en je zag dus
zo al dat het ziekenwagens waren. De mannen
die ze bestuurden waren echter geen soldaten, ze
zagen er tenminste niet uit als soldaten, eerder
als ruimtevaarders: ze hadden zuurstofmaskers
voor en hoog gesloten witte pakken aan. Een
beetje griezelig, net een konvooi op weg naar de
maan. Bikkel wreef zich de ogen uit. Het was wel
een héél rare bezending, vond hij. Van op het
trottoir bleef hij roerloos staan kijken naar de
auto's en hun geheimzinnige bestuurders. Het
maakte hem zozeer van streek, dat hij niet eens
merkte dat de sneeuw al begon te smelten. De
sneeuw veranderde geleidelijk in een modderige
brij, die plapperend en met kleine fonteintjes
van onder de wielen van de auto's opspatte.
Het is een droom, dacht Bikkel, een film. Maar

het was toch bijna allemaal echt. Zijn knieën knikten, zo moe was hij, en in zijn lichaam versmolten de gloed en de pijn tot een gloeiende pijn. De colonne was voorbij en hij stond daar nog steeds op de trottoirband, starend naar de sporen die de wagens in de modder hadden achtergelaten. In de verte hoorde hij mensen roepen en schelden, en brullen als wilde beesten. De hele stad door reden er reclamewagens rond met luidsprekers die tegen elkaar op galmden. Zij zonden geen muziek uit, maar riepen geheimzinnige boodschappen van andere planeten om en lieten wilde kreten horen van dieren die de aardebewoners op de andere planeten hadden gevangen.

Het vliegtuig kwam opnieuw over, maar Bikkel keek er niet meer naar. De pijn in zijn nek was zo hevig, dat hij zijn hoofd nauwelijks kon bewegen. Hij moest zien dat hij zo gauw mogelijk thuiskwam, want hij was zo ziek als de hel. Nu zou zijn vader wel verschrikkelijk boos zijn (zo boos als de hel), maar zodra hij zag dat zijn jongen ziek was, zou hij hem toch niet doodslaan.

Hij wilde naar de andere kant van de straat oversteken, toen iemand hem bij de arm greep. Van schrik liet hij zijn boekentas vallen. Hij keek in een zuurstofmaskergezicht. Het enige wat daarin leefde waren de ogen: de ogen die tegen hem praatten met een eigenaardige verstikte stem. Niet de mond, maar de ogen praatten tegen hem. De mond zag hij niet. Het masker praatte als een radiostation waarop niet zuiver was afgestemd. Het afleesmes stond tussen Kuopio en Hilversum. Er kwamen twee verschillende stations tegelijk door en je kon noch de een noch de ander verstaan. Dat was me een gebrabbel.

Er was ook nog een andere man met een zuurstofmasker naast hem opgedoken en die praatte op dezelfde manier tegen hem. Bikkel week achteruit en wilde zeggen dat er overal dode vogels lagen in de sneeuw en dat hij ziek was, maar voordat hij een woord had kunnen uitbrengen duwden de maskers hem een natte doek in het gezicht die naar zuurtjes rook, naar het flesje waarmee zijn moeder het nagellak verwijderde van haar vingers. De maskers pakten hem elk bij een arm vast en duwden hem een eindje voort, de trottoirband af. Hij kon niets zien, maar hij voelde hoe hij in de hoogte werd gehesen door een paar sterke armen. Verlamd door angst als hij was, kon hij niets zeggen en niets doen, hij kon zelfs niet meer nadenken. Men deed hem neerzitten op een lattenbank of wat hij daarvoor hield. De doek gleed van zijn gezicht af en hij zag dat hij op een bierwagen zat. Er lagen geen vaatjes meer in, maar je kon het bier nog vaag ruiken. Aan de twee lange kanten van de laadbak stonden nu banken, ruwe lattenbanken waarop knikkebollende mensen zaten, mannen en vrouwen en een jongetje dat een paar jaren ouder scheen dan Bikkel. Die mensen hadden allemaal grote brandblaren in hun gezicht, zoals de huilende vrouw op de Hoge Dam. Maar de mensen op de bierwagen huilden niet. Zij zaten met verdwaasde gezichten voor zich uit te staren en knikten gedurig met het hoofd, alsof ze in de verte iemand zagen aankomen die ze kenden maar terzelfdertijd bang waren de aandacht te zullen trekken, uit schaamte omdat ze op een bierwagen zaten en als vaatjes pils werden behandeld.

Er klom een gemaskerde man in de laadbak. Hij maakte het slag met de kettinkjes dicht en onmiddellijk daarop zette de wagen zich in beweging. Het masker kwam naast Bikkel zitten en legde met een beschermend gebaar zijn arm om diens schouder. Hij zei niets, want hij was doodsbang en moe en ziek en het kon hem op dat ogenblik nog weinig schelen wat de maskers met hem voorhadden. De mensen op de banken werden dooreengeschud, maar het scheen hun al even weinig te kunnen schelen, ze keken elkaar niet aan en zeiden ook niet 'pardon' als ze door een slingerende beweging van de wagen tegen elkaar aanvielen. Van hun gezichten kon men alleen maar een dodelijke onverschilligheid aflezen, in een enkel geval verstarde verbazing: de gebroken uitdrukking van een speelpop waarvan de veer te ver werd opgewonden. Het jongetje bijvoorbeeld zag er zo uit: als een verprutst mechaniekje. Bikkel luisterde naar het gespetter van het dooiwater onder de wielen. Het was of ze door het wad in een rivier reden. Op de oever loeiden de sirenes. Mijn boekentas, dacht Bikkel. Zijn boekentas, met de gloednieuwe Atlas der Volken er in, was in de sneeuw blijven liggen. Wat zou zijn vader tekeergaan! Maar het was toch heus zijn schuld niet, dat de ruimtevaarders hem hadden meegenomen? Hoe had hij dit kunnen verhinderen?

Hij keek flauw naar de man die vlak tegenover hem zat. Zijn gezicht was pijnlijk vertrokken door de blaren. Er stond een blaar als een kauwgombel onder zijn neus waardoor zijn bovenlip optrok en zijn geel beslagen tanden zichtbaar werden als bij een doodskop. Bikkel zag hoe de man afwezig door zijn haar streek — hij had mooi blond krulhaar — en er een pluk, groot genoeg om er een handstoffer van te maken, mee uithaalde. Het leek wel of zijn haar niet op zijn hoofd was ingeplant, maar er met slecht houdende lijm op was vastgeplakt. Verbijsterd keek de man naar het uitgekamde haar tussen zijn vingers. Hij kon er de ogen niet van afhouden, met zijn grijnzende mond zat hij er aldoor op te staren. Hij wierp de streng niet weg en liet ze ook niet op de vloer vallen, maar hield ze gedurende de verdere rit krampachtig in zijn hand geklemd, als een kostbare relikwie.

Bikkel voelde zich misselijk worden. Hij wendde het hoofd af en probeerde niet meer naar de man te kijken. Hij keek naar de huizen waarlangs ze reden. Hij kon nog juist zien hoe de sneeuw van de daken afschoof, toen de bierwagen vertraagde, een korte zwenking maakte en een hoge poort inreed. De auto stopte op een kleine binnenplaats en daar moesten ze er allen uit. Daar werden ze opgewacht door witte gemaskerde mannen en vrouwen, die zwijgend met brancards toesnelden.

Op de binnenplaats had het niet gesneeuwd. Het rook er naar het voorjaar, naar de zonnige onbezoedelde lente. Er bloeiden prachtige rode bloemen in de perken en naast de grote ramen waren groene ranken opgeleid die onder de dakgoot uitwaaierden. Dat kon Bikkel nog zien voordat hij werd opgetild en op een brancard gelegd. Hij werd door een lange, betegelde gang gedragen en de schommelende beweging maakte hem aan het braken. De hete brij, die onderweg de hele tijd in de kuip van zijn lichaam had staan stoven, kookte plots over. Het braaksel besmeurde zijn kleren, de draagbaar en de gang, maar er was niemand die daar acht op sloeg. Ze liepen gewoon met hem voort en droegen hem een grote zaal vol schel licht in. Toen hij de hand naar zijn gezicht bracht om zijn ogen tegen het overweldigende licht te beschermen, zag hij dat er van die vreselijke blaren op de rug van zijn hand stonden. Blaren als kauwgombellen.

Bedreven handen kleedden hem uit, handen zonder blaren. Hij moest zijn naam en adres opgeven en daarna kreeg hij een prik in zijn huid, maar die prik deed geen pijn. Hij werd er amper iets van gewaar. Zijn huid was gevoelloos, week en opgezet als een spons. Maskers bogen zich over hem heen. Ogen die hem aanstaarden achter spiegelende patrijspoortjes. Het sneeuwt haast nooit in mei, hoe komt dat toch? dacht hij. Een rood licht ging onder zijn oogleden aan en uit en versprong in de ruimte, op het schakelbord van zijn verbeelding, als de lampjes van een gokautomaat. Een vrouwenstem sprak het rode-licht-woord uit, en zodra het tot zijn bewustzijn doordrong viel het in twee delen uiteen. De twee delen bleven in zijn hoofd heen en weer schuiven, van de ene naar de andere kant, als knikkers in een trommeltje of een lege jampot wanneer je die beurtelings naar links en dan weer naar rechts liet hellen, en omdat zijn hoofd voortdurend groter werd moesten de knikkers telkens verder rollen voordat ze konden terugkomen. Toen waren er opeens zoveel knikkers, dat je er zinnetjes mee kon maken, onschuldige zinnetjes waarin de rode stuiters niet meer zo dreigend uitkwamen. Bijvoorbeeld een zinnetje als *zet de radio toch wat zachter*. Dit was een zinnetje van zijn moeder. En dit was er een van zijn vader: *op die leeftijd ben je al niet meer zo actief*. Rolden de knikkers allemaal samen terug, of toch ongeveer allemaal, dan werd dat:*op die leeftijd ben je al wat radio-actief*. Dat was een zinnetje van iedereen, van God en alle mensen, want het samengestelde rodelicht-woord zat er in.

Tot de avond bleven de knikkers in Bikkels hoofd heen en weer rollen. Hij ijlde en riep af en toe om zijn moeder. Zijn moeder ging met een vreemd jongetje aan de hand naar huis en hoe hij ook schreeuwde en zich hees riep, van uit het besneeuwde voortuintje waarin hij gevangen zat, ze keek geen ogenblik om, want ze had nu een ander oppassender jongetje en wilde niets meer met hem te maken hebben. Een grimmige bleekscheet kwam het tuintje in en zei: 'Jij schreeuwlelijk, ik zal je leren zo'n misbaar te maken.' Hij maakte Bikkels boekentas open, haalde er de Atlas der Volken uit en begon er één voor één alle platen uit te scheuren. Bikkel huilde als een wolf. Toen de man dat hoorde, werd hij door een vreselijk medelijden bewogen en stond hij weldra op zijn beurt te huilen. Daarbij trok hij zich hele plukken haar uit het hoofd, zolang totdat hij kaal was.

Er kwam een vliegtuig over dat reclameballons uitwierp. Bikkel kon niet achter de ballons aan-lopen, want hij zat gevangen in het tuintje. Hij viel voor de bleekscheet op zijn knieën en smeek-te om een ballon, maar de man schudde het hoofd en zei: 'Je bent zo gek als de hel, dat zijn toch geen ballons, kijk maar eens goed.' Bikkel keek en toen zag hij inderdaad dat het geen ballons waren. Het waren dode vogels. Een van de vogels, een zwarte met een roze snavel, viel in het tuintje, naast de uitgescheurde platen van de atlas. Hij leefde nog en Bikkel hurkte bij hem neer. 'Arme vogel,' fluisterde hij, 'heb je pijn? Ik heb ook pijn, in mijn nek, maar daar ga je niet dood van.' De bleekscheet kwam bij hem staan en zei: 'Pas maar op, ik zou hem maar niet aan-raken, misschien is hij radio-actief.' Bikkel hoor-de de waarschuwing niet. Hij aaide de vogel zacht over het hoofd, met zijn wijsvinger. 'Daar ga je heus niet dood van, van zo'n beetje pijn,' herhaalde hij steeds weer, en terwijl hij dit zei, zonken de tuin en de man en de vogel uit hem weg en gaf hij de geest.

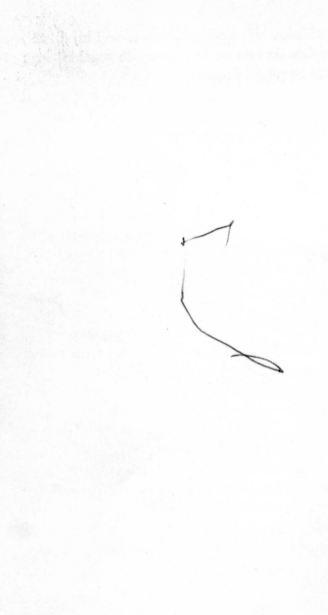

De petitie

De vrouw en de twee kinderen waren op slag
dood. Het moet vreselijk zijn geweest. Het stond
in alle ochtendbladen en sommige gaven de gru-
welijkste bijzonderheden. Van het meisje werd
slechts de scalp teruggevonden, een lap schedel-
huid met enkele plukjes blond haar er aan. Alleen de kanarie werd levend van onder het puin
gehaald, de tralies van zijn kooi waren niet eens
verbogen en toen hij het daglicht weerzag begon
hij dadelijk te kwinkeleren. Dat zijn wonderlijke
dingen, je begrijpt niet hoe zoiets mogelijk is.
Vandaag is de man bij me geweest, de man met
zijn gescheurd gezicht, de man die nooit meer
zal lachen. Hij zamelde handtekeningen in. 'Dat
mag nooit meer gebeuren,' zei hij, 'het was geen
ongeluk, ik weet zeker dat het geen ongeluk was,
het was een aanslag, een moorddadige aanslag,
en het gerecht blijft in gebreke.' Ik begon me te
schamen, want ik had reeds van de petitie gehoord en had me voorgenomen ze niet te ondertekenen, niet uit steilorigheid, maar uit principe,

al wist ik niet goed uit welk principe. Principes zijn evengoed een kwestie van hart en van aandrang als van overtuiging en geweten. Maar toen ik de man vóór me zag, de man met zijn blauw gescheurd gezicht, de man die naar puin rook en nooit meer zou lachen, en toen ik zijn stem hoorde, toen het tot me doordrong wat hij zei en ik langzamerhand begreep waar het om ging, toen begon ik me een weinig te schamen. Ik sloeg de ogen neer, mijn blik viel op zijn schoenen. Ze zaten nog dik onder het steenstof, ze waren grijs bestoven, maar het kon natuurlijk wel stof van de straat zijn, want wie weet hoe lang hij al in de stad rondkloste met zijn petitie. 'Opletten,' zei ik, 'hebt u bewijzen?' Ik wilde hem niet ontmoedigen, maar ik kon nu eenmaal nooit nalaten schijnmanoeuvres te maken om mijn werkelijke gevoelens te verbergen. Ik keek over mijn handen naar hem op. In zijn ogen bewoog zijn ziel, zeer vlug, er dreven allerhande vreemde grijze stipjes (stofjes?) in rond als in een onzuivere vloeistof waarin geroerd wordt. 'Ik weet het zeker,' herhaalde hij, 'ik heb geen bewijzen, maar ik weet het zeker, als u een geweten hebt, geef me dan uw handtekening.' Ik hàd een geweten, maar kon het geweten van één enkele mens of van enkele honderden mensen verhinderen dat men zou voortgaan met het plegen van misdadige aanslagen op weerloze vrouwen en kinderen? Het geweten van miljoenen mensen kon nog geen oorlog verhinderen. Toen ik hem dat zei, scheen zijn gezicht nog verder te scheuren. 'U zoekt alleen maar uitvluchten,' zei hij, 'u zou heel anders praten indien het u zelf overkomen was.' Hij heeft gelijk, dacht ik, ik zou zo niet praten als ik nog slechts de scalp van mijn dochtertje en een onverstoorbaar zingende kanarie had om me te troosten.

Ik wilde tijd winnen en keek door het raam naar de porseleinen isolators onder de vensterbank van het huis aan de overkant en naar de telefoondraden, die sedert vanmorgen in een andere richting schenen te lopen. Al negen jaar lang had ik de stellige overtuiging, dat zij in de richting van de opklimmende huisnummers liepen, maar nu zag ik het heel anders en was ik bereid te geloven dat ze de andere kant uit liepen, terug de stad in. Ze bewogen natuurlijk helemaal niet, het was gezichtsbedrog.

'Kom,' zei ik nadat ik over mijn verrassende ontdekking in verband met de looprichting der draden heen was, 'kom, geef me uw lijst, ik zal haar laten circuleren onder mijn bedienden, ze zullen dat niet durven weigeren, op die manier komt u een beetje op slag, zeventig handtekeningen is waarschijnlijk wel wat meer dan u verwacht hebt.'

Hij reikte me sprakeloos het papier toe en ik hoorde zijn bloed lachen. Hij zelf zou nooit meer lachen, dat was een uitgemaakte zaak, niet na zoiets, maar zijn bloed, dat verbeeldde ik me heus niet, zijn bloed hoorde ik lachen.

'Als u me uw adres wilt geven,' zei ik, 'stuur ik u de lijst morgen op.'

'U geeft me opnieuw moed,' stamelde hij.

'Neen, ik geef u handtekeningen,' zei ik nuchter. Dat was weer zo'n schijnmanoeuvre; ik omspon mijn hart met een cocondraad van praktische nuchterheid en doelbewuste zekerheid. Een ijl weefsel, dat scheurde terwijl ik het spon.

De man drukte me de hand, bedankte me, keek in mijn ogen om mijn geweten te zien, maar in plaats van mijn geweten zag hij mijn schaamte, als een dode vlieg die in de troebele traan achter mijn ogen dreef.

Ik had zeventig bedienden en zij ondertekenden allen de petitie met veel geestdrift, niet om mij een genoegen te doen, maar uit overtuiging, of uit medelijden met de man die niets meer had om in te geloven dan een gekreukt en beduimeld papier met een paar honderd handtekeningen. De kassier Pottelberghs, die als laatste getekend had en me de lijst terugbracht, feliciteerde me. 'We vinden allemaal dat het een mooie daad van u is, mijnheer,' zei hij. Ik gaf hem een knipoogje: 'All right, Pottelberghs.' Ik sprak bij voorkeur Engels, wanneer ik gelukkig was. Ik wàs inderdaad gelukkig en ik constateerde dat het geluk, evenals de telefoondraden aan de overkant, wel eens in een andere richting liep, namelijk de tegenovergestelde kant uit van je principes.

Nog dezelfde dag stuurde ik de petitie aan het adres dat de man met het gescheurde gezicht me had opgegeven en ik beschouwde het hele geval als afgedaan. Maar twee dagen later kwam Pottelberghs met een boos gezicht mijn kantoor binnen en duwde me een krant onder de neus. 'Leest u eens wat die stinkblazen schrijven, mijnheer,' zei hij. Ik las wat de stinkblazen schreven. Er stond, dat het wellicht nog niet zo wraakroepend was, dat een man wiens vrouw en kinderen bij een ongeval waren omgekomen, dit ongeval probeerde voor te stellen als een terroristendaad om er politieke munt uit te slaan, en dat het misschien ook nog niet zo wraakroepend was dat die man handtekeningen inzamelde met het doel beroering te veroorzaken in bepaalde kringen en daardoor bepaalde personen uit àndere kringen uit het zadel te lichten; máár, vervolgden de stinkblazen, dat de directeur van een plaatselijk woningbureau al zijn bedienden de praam op de neus had gezet en hen, onder bedreiging met ontslag, verplicht had de petitie te ondertekenen, dàt was een ongehoorde brutaliteit en een overtuigend voorbeeld van de schaamteloze praktijken die sommige politieke arrivisten er op nahielden.

Ik vouwde de krant op en gaf ze de kassier terug. Ik zei niet: all right, Pottelberghs, want ik voelde me zeer ongelukkig. 'Zo zo,' zei ik en durfde niet door het raam naar de telefoondraden te kijken uit schrik dat ik ze weer in dezelfde richting zou zien lopen waarin ze negen jaar lang gelopen hadden.

'Wat een ploertig artikel,' zei Pottelberghs.

'Pottelberghs,' zei ik, 'ik weet niet of jij het ook ruikt, maar de wereld stinkt.'

'Ik ruik het zeer zeker, mijnheer,' zei hij.

Ik was zo blij dat hij het ook rook, dat ik hem opslag beloofde.

Inhoud

Het koekoeksmeisje   5
De oeroude vijver   25
De heilige vingerkootjes   41
Het kasteel van Weewee   57
De sneeuwbui   73
De petitie   95

Van Ward Ruyslinck verschenen bij Manteau:

Het dal van Hinnon - gMP 19
Golden Ophelia - gMP 23
Het ledikant van Lady Cant - gMP 33
Het reservaat - gMP 52
De Apokatastasis - gMP 54
De Karakoliërs - gMP 57
De heksenkring - gMP 74
Het ganzenbord - gMP 92
In naam van de beesten - gMP 109
De madonna met de buil - gMP 111
De stille zomer - gMP 136
Wierook en tranen - gMP 143
De ontaarde slapers - gMP 144
De paardevleeseters - gMP 146
De verliefde akela - gMP 147
De sloper in het slakkehuis - gMP 149
De oeroude vijver - gMP 155
Valentijn Van Uytvanck 1896-1950 / Tekenaar zonder
    vaderland
Neozoïsch

Over Ward Ruyslinck verschenen bij Manteau:

Lieve Scheer   Röntgens van Ruyslinck - MaP 22
A. de Bruyne e.a.   Gewikt en gewogen / Kritische
    opstellen over Ward Ruyslinck
Jan Emiel Daele   Omtrent Wierook en tranen
Jan Emiel Daele   Omtrent De ontaarde slapers
Jan Uyttendaele   Omtrent Het reservaat
Profiel Ward Ruyslinck